사는 이유

Reasons to Live

Amy Hempel

사
는

이
유

에이미 헴플 지음
권승혁 옮김

이불

나의 스승님, 고든 리쉬(Gordon Lish)께 이 책을 바칩니다.

이 책과 관련하여 감사를 표시해야 할 사람들의 이름은 다음과 같다.
가디너 헴펠(Gardiner Hempel), 모간 업튼(Morgan Upton),
레이첼 클락(Rachel Clark), 앤더슨 페럴(Anderson Ferrell),
앤 카이저(Anne Kaiser), 해나 시겔(Hannah Siegel),
메이디 존스(Mady Jones), 리즈 다한소프(Liz Darhansoff),
패트리샤 타워즈(Patricia Towers), 그리고 특히
데이빗 게이저(David Geiser)와 낸시 트램즈(Nancy Trahms).

무릎을 꿇고 죽은 한 쌍의
말코손바닥사슴 뿔이 서로 깍지 끼워진 것처럼
슬픔이 우리들을 결합시켰기에
– 윌리엄 매튜스(William Matthews)

목차

9   욕조에서 *In a Tub*

15 오늘 밤 만남은 할리가 부탁해서 하기로 한 거니까
    Tonight Is a Favor to Holly

31 실리아가 돌아온다 *Celia Is Back*

41 내쉬빌을 화장하고서 *Nashville Gone to Ashes*

61 샌프란시스코 *San Francisco*

67 앨 졸슨이 묻힌 묘지에서
    In the Cemetery Where Al Jolson Is Buried

91 시작하기, 한 코를 건너서 두 코를 함께 뜰 것, 코를 늘릴 것,
    계속할 것, 반복할 것 *Beg, Sl Tog, Inc, Cont, Rep*

115 가기 *Going*

125 수영장 야간 행사 *Pool Night*

137 세 명의 교황이 술집으로 들어간다 *Three Popes Walk into a Bar*

157 보고타 사람 *The Man in Bogota*

163 개가 아니라 사람이 그런 거라 해도
     When It's Human Instead of When It's Dog

173 내가 여기 있는 이유는 *Why I'm Here*

183 숨 쉬는 예수 *Breathing Jesus*

191 오늘은 조용한 하루가 되길 *Today Will Be a Quiet Day*

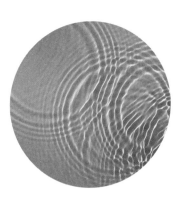

In a Tub

욕조에서

In a Tub

제 심장 말이에요, 저는 그게 멎었다고 생각했어요. 그래서 차를 타고 하느님을 찾으러 나섰어요. 차들이 주차되어 있던 교회 두 곳은 그냥 지나쳤어요. 그러다가 세 번째 교회 앞에 멈춰 섰어요. 주차된 차가 없었기 때문이죠.

이른 오후, 한 주의 한가운데였어요. 교회 한가운데 있는 회중석 하나를 골랐어요. 감독파 교회건 감리교파 교회건 그건 아무 상관 없었어요. 그곳은 정말로 교회답게 조용했으니까요.

저는 오랫동안 멈췄던 심장이 다시 뛰는 느낌과 한 번 뛰고 난 뒤 곧바로 뒤따라 뛰는 심장 고동이 주는 느낌에 대해 생각해 보았어요. 그리고 한 쌍의 은은한 스테인드글라스가 높이 달려 있던 그곳에 앉아서 귀를 기울였어요.

집 뒤쪽 미닫이 유리문으로 들어오는 빛 한 가운데 서 있으면 데크 쪽을 내다볼 수도 있지요. 데크에 놓인 빨간 도기 화분들에는 마거리트와 다육식물들이 심겨 있어요. 화분 하나는 비어 있고요. 얇고 널찍한 그것엔 새들이 미역 감는 통처럼 물이 담겨 있을 뿐이에요.

제 고양이는 창가의 화분에서 잠을 자고 있어요. 회색 턱에는 나비의 날개에서 떨어진 무지갯빛 가루가 묻어 있어요. 유리창을 두드려도 녀석은 쳐다보지도 않을 거예요.

그 소리는 먹이와 상관 없으니까요.

어렸을 때, 밤에 몰래 집을 빠져나간 적이 있었어요. 나무 울타리에 몸을 바싹 붙였죠. 울타리 그림자 밖으로 몸이 삐져나오지 않게 하려고요. 그러다가 호수 근처 공사 현장으로 갔어요. 콘크리트를 섞는 통을 하나 골라 그걸 호숫가로 밀고 가서는, 컵 받침 접시 같이 생긴 그 통 안에 앉았어요. 훔친 노로 그 통을 모래밭에서 호수로 밀어내고 아무 소리도 듣지 않으면서 몇시간이고 떠다닐 생각이었어요.

새들이 미역 감는 통이 그 통을 똑 닮았어요.

욕실의 눈부신 불빛 아래에서 손톱을 보고 있어요.

놀라움이 밑둥에서 물결 무늬로 나타날 거예요. 그러려면 몇 주는 걸리겠지만요.

저는 문을 잠그고 욕조에 물을 받아요.

맥박소리는 대개 잘 들리지 않지요. 맥박은 느끼는 거니까요. 아무리 고요하더라도 말이에요. 밤에 가끔 베개 너머로 들려오기도 하죠. 그렇지만 훨씬 더 잘 들리는 곳이 어딘지 저는 알고 있어요.

이렇게 하는 거예요. 욕조의 물 속에 몸을 누이고, 자신을 완전히 내려놓는 거죠. 욕조에 기대어, 물결이 잔잔해질 때까지 기다리세요. 그리고 숨을 깊이 들이마시고는 머리를 물 속에 담그고, 심장이 마구 뛰는 소리를 들어보세요.

Tonight is a Favor to Holly

오늘 밤 만남은
할리가 부탁해서 하기로 한 거니까

Tonight Is a Favor to Holly

소개팅하기로 한 사람이 7시에 나를 데리러 오기로 했는데, 그때까지 머리카락이 2~3센티 더 자라지 않으면, 초인종이 울려도 나가보지 않을 작정이다. 문제는 앞머리다. 내가 직접 앞 머리카락을 가지런히 잘랐더니만, 난 지금 메이미 아이젠하워[1] 같다.

할리는 전혀 그렇지 않다고, 오히려 영화배우 클로뎃 콜버트를 닮았다고 한다. 할리에겐 그렇게 말할만한 이유가 있다. 그래야만 내가 그 사람을 만나러 나갈 테니까. 오늘 밤 만남은 할리가 부탁해서 하기로 한 거니까.

차라리 늘 하던대로 모래사장에서 해 지는 걸 보며

---

1. Mamie Eisenhower는 드와이트 아이젠하워 미 대통령의 부인.
   짧은 앞머리로 유명함.

콜라를 탄 럼주를 마시면 좋을텐데.

우리들은 해변의 삶을 살고 있다.

자외선 차단 로션을 바르고 휴양지 차림으로 다니는 삶은 아니다. 그저 바닷가에 살고 있을 뿐이다. 문만 열면 모래사장이다. 거기 대양이 있어서, 일년 내내 매일 바다가 보인다.

해변은 공항 근처에 있다. 그래서 L.A.에도 멋진 사람이 별로 없지만, 이 동네에는 아예 없다. 있다면, 항공사 승무원들 정도다. 그들을 위해서 공항에서 집까지 12분이면 도착하는 셔틀이 다닌다. 여기서 말하는 집은 스페인 식민지 풍을 어설프게 모방한 아파트 단지다.

이 집들은 모든 걸 스페인 선교회 건물을 베꼈다. 계단을 따라 만들어진 연철 난간을 가진 진짜 스페인 선교회 건물을 보는 게 내 소원이다.

안뜰에는 모자이크 타일 위로 물이 튀어 오르는 분수도 있다. 짜증나는 건, 타일을 처음부터 화학처리해서 마치 오래된 것처럼 보이게 만들었다는 거다. 당신이 본다면 "이봐요, 유물은 말 그대로 유물이라구요, 알아들어요?"라고 말하고 싶어질 거다.

우리 단지 이름은 란초 라 브레어이지만, 여성승무원들 때문에, 사람들은 우리 단지를 란초 리비도라고 부른다. 아파트 안에는 하얗게 반짝이는 천장이 있다.

할리도 나도 승무원은 아니다. 지난 산사태 때, 진흙과 홍수로 엉망진창이 된 우리 집을 복구하는 동안만, 우리는 여기에서 월세로 살고 있다.

할리는 가수들의 코러스를 맡고 있다. 이따금 녹음도 한다. 그녀가 순회공연을 떠나면, 집을 독차지할 생각이었다. 그런데 그녀는 순회공연을 가지 않게 되었다. 지난번에 발매한 음반이 예상한 것의 절반 밖에 팔리지 않아서다. 음반 회사는 재능 없는 가수들을 정리할 거라고 했다. 그래서 할리가 다른 회사를 알아보는 동안, 그녀는 밤마다 집에 있게 되었고, 내가 쉬는 사흘은 낮에도 함께 있게 되었다.

나는 일주일에 나흘만 라 미라다란 곳에 있는 나의 직장인 여행사로 차를 몰고 출근한다. 운전해서 가면 편도로 55분 정도 걸리는데, 출퇴근 시간이 좀 더 길면 좋겠다. 나는 라디오 방송 진행자들도 좋아하고, 차선을 바꾸는 것도 즐긴다. 고속도로에서 운전하다 넋을 놓아버리는 건 해변에서 사는 것과 닮았다. 시간이 얼마나 지났는지 의식도 못했는데 가고자 했던 곳에 이미 도착했다는 것을 홀연히 깨닫게 된다는 점에서 그렇다.

이 일은 내게 딱 맞는다. 하는 일이 거의 없어서, 급여도 거의 없는 것과 마찬가지다. 다들 아시겠지만 어찌됐

19

든 없는 것보다는 낫다.

유머 감각이 있으면 버틸만하다.

우리 여행사의 사훈은 '우리들은 결코 의도적으로 여러분의 휴가를 망치지는 않습니다.'이다.

우리들은 일년에 딱 두번만 대대적으로 여행을 기획하는데, 지금은 그런 시기도 아니다. 만일 할 수만 있다면, 부모님이 돌아가시기 전까지는 이 일을 계속할 생각이다.

할리가 항상 집에 있는 게 무척 신경 쓰일 거라고 생각했었는데, 그리 큰 문제는 아니었다. 아침마다 우리는 과일과 낚시 도구를 파는 카사 데 프루타라는 가게까지 걸어간다. 그 가게의 과일들은 크기가 압도적이다. 딸기는 토마토만하고, 사과는 자몽만하고, 파파야는 수박만하다. 하루만 세일한다던 칸탈루프는 3주째 세일 중이다. 우린 믹서기를 꽉 채울 만큼의 과일을 사고, 달걀도 산다.

그런데, 그렇지 못한 날도 있다. 우리가 빛바랜 단스킨 운동복과 할리의 전 남자친구의 사각 반바지를 입고, 카사 데 프루타에 도착하기도 전에, 인명구조원의 지프차가 울퉁불퉁해진 모래사장을 빗질하듯이 써레질하는 것을 지켜보아야만 할 때도 있기 때문이다.

그런 날 나는 모래사장에 첫 발자국 찍는 걸 좋아한다. 반면, 할리는 아스팔트의 타르 때문에 새까매진 발을 박박 긁어대면서 불평을 해댄다.

그러고 나서 하루의 나머지 시간을 보낸다. 연료 탱크가 반은 빌 때까지, 할리의 영역을 돌아다닌다. 좀 더 북쪽에 있는 모래사장에서 사내들을 쳐다보는 짓을 할리는 연구조사라고 부른다.

할리는 "난 차라리 숨어 살면서, 그런 게 인생이라고 부르고 싶어. 그렇지만 조사할 게 이렇게 많으니까 그럴수 없어."라고 말하곤 한다.

우린 수지와 하드가 잘 있는지 종종 들러 보기도 한다. 그들은 블록의 한 쪽 끝 공유지를 무단으로 점거하고 있다. 둘이 사는 알루미늄 판잣집이 거기 생긴지 여러 해가 되었다. 하드가 항구에서 수지를 발견했다고 한다. 수지는 이 배, 저 배에서 선주와 같이 살다가, 싸움이일어나면 배에서 내쫓겼다고 한다.

햇볕에 그을린 수지의 팔뚝은 굵고, 그녀의 커다란 엉덩이는 걸을 때마다 썰룩거린다.

하드는 키가 크고 날씬하다.

그의 진짜 이름은 하워드다. 그런데 수지의 발음이 안 좋아서, 마치 하드처럼 들린다. 그런데 그게 딱 맞는 것 같다. 하드의 검은 머리는 어깨까지 치렁대고, 그의 입은 칠성장어처럼 둥글면서도 얇다.

그 블록에 아무 일도 일어나지 않거나, 대기가 짙고 고요해지면, 우리는 파도를 타며 논다. 우리가 물속에 있을 때 종종 비가 내리기도 한다.

나는 해변에 사는 것도, 축축한 수평선을 보는 것도 도무지 익숙해지지 않는다. 여긴 가장자리이고, 이 나라의 통로 쪽 좌석이다. 진실을 말해야만 한다면, 좋지 않다고 말할 수 밖에 없다. 여기 사는 사람들에게서 들을 수 있는 말이라고는 "전 그렇게 하려고 했는데요, 한 번 해볼게요, 그렇게 하고 싶었는데."와 같은 말뿐이다.

이 곳엔 갈등이라는 건 없다.

친절하고 활기 넘치는 곳이다.

사람들은 여기에 살면서 뭔가를 잊게 된다. 물 속으로 가라앉는 것이 멈췄다고 해서, 그게 결코 물 밖으로 나왔다는 것을 의미하지 않기 때문에 그렇게 되는 거다.

오늘 일찍, 할리가 전화를 받더니 저녁 식사 예약을 받았다. 우리 집 전화번호는 트레이더 돈 식당 전화번호의 끝자리에서 1이 모자란다. 할리가 기분이 좋지 않을 때는 가끔 예약자의 이름을 받아 적기도 한다.

"몇 분이 오실 건가요?"라고 할리가 묻는다.

내 생각이 아닌 건 내가 좀처럼 하려고 하지 않으니까, 할리는 그게 걱정이다. 사실 나는 데이트를 하러 나가질 않는다. 남자를 만나고 싶지 않으니까.

나는 이미 남자 몇을 알고 있다.

우리는 그 남자들 이야기를 자주 한다. 물론 할리가 아는 남자 이야기도. 그게 내가 쉬는 날 우리가 같이 하는 일 중 하나다.

"넌 설거지해, 닦는 건 내가 할게."라고 할리가 말한다.

그럼 난 누군가를 남자의 축소판이라고 부르면서 이야기를 시작할 것이다. 그러면 또 할리는 말할 것이다. 그녀의 전 남자친구가 그녀를 어떻게 대했는지 찍은 영화를 봤다면, 그는 숲으로 기어들어가서는 면도날을 만지면서 잘 있어! 라고 말할 거야, 라고.

할리의 전 남자친구는 지금도 사진을 보내준다. 엘카피탄 기슭에 있는 캠핑장이나 모노 호숫가에서 찍은 자기 사진들이다. 판지에 사진을 붙여서 보내주기 때문에 찢어 버리기가 더 힘들다.

심지어 그 친구는 근처에 올 일이 있으면 우리 집에 들르기도 하는데 그러면 우린 환영하는 척 한다. 할리와 전 남자친구, 이 둘은 마주앉기만 하면 서로를 못 잡아먹어 안달이다. 그들은 서로의 약점과 결점을 모두 알고

있어서, 상대의 기를 죽이는 데 불과 10분의 2초 밖에
안 걸린다.

할리는 그 친구를 만나는 게 마치 해변의 일몰과 같
다고 한다. 일단 해만 지면, 모래가 아주 빨리 차가워지
니까. 그래서 10분 전까지만 해도 좋았던 많은 일들이
어느새 좋지 않은 일이 되어버리니까.

남자들과 어떻게 될지 우리가 모르는 바는 아니다.
우리의 직관은 훌륭한데, 문제는 우리가 그걸 무시한다
는 거다.

우리는 사람들이 달라지길 계속 바랄 뿐이다.

여기서 만날 수 있는 사람들은 어떤 사람들일까?

여기서 고를 수 있는 남자들은 두 종류 뿐이다. 하나
는 망해가는 남자, 다른 하나는 앞으로 나아가질 못하는
남자.

수지와 하드는 우리 두 사람보다 힘이 넘치는 것 같
다. 간밤에 골목에서 그들이 난리치는 걸 들었다. 수지
가 고함을 질러댔다. "하드, 조심해! 사고 치고 싶어?"라
고 소리를 질렀다.

난 부엌에서 이 모든 걸 다 볼 수 있었다. 하드가 자
동차 바퀴의 캡을 집어 들어서는 수지에게 내던지는 걸
보았다. 수지는 비명을 지르고는 다리를 절뚝거리며 도

망쳤다. 그가 후려갈긴 건 그녀의 팔이었는데도 말이다. 그러다가 그녀는 홱 돌아서서 그에게 돌진했다. 그러고 는 자동차 바퀴의 캡을 던졌던 그의 손을 잡아서는 입으로 가져갔다. 그녀는 입을 크게 벌려 물었다. 그렇지만 곧 들려온 비명 소리는 그녀의 것이었다. 골목에 불이 켜지는 바람에, 그의 손에 박힌 하얀 이를 볼 수 있었다. 하드는 발을 벌리고 서서는 옆으로 빙빙 돌았다. 신기록 을 세우려는 원반던지기 선수처럼, 그는 수지의 틀니를 란초 리비도의 지붕 위로 던져버렸다.

오늘 밤 이 이야기가 어색한 분위기를 전환시켜주기를.

정말이지, 난 할리를 위해서 이 사람과 데이트를 할 수 밖에 없다.

내 머리가 너무도 짧긴 하지만, 적어도 입 안에 이빨 은 있으니까 말이다. 내가 클로뎃이면 어떻고 메이미면 어때. 그도 매우 이상한 사람일지 모르잖아. 참선을 하 는 괴짜일 수도 있고.

하드 같은 놈일지도 모른다.

하도 터무니없어서 어떤 누구하고도 비교할 수 없는 놈일 수도.

그래, 나는 지금 이런 생각을 하면서 웃고는 있다. 그 렇지만, 이번에 호의를 베푸는 대가로 다신 이런 일을 하지 않았으면 좋겠다.

그나마 집으로 돌아오는 시간이 기다려진다는 게 위안이다. 할리는 자지 않고 날 기다려주겠지. 그녀는 석류 주스에 럼을 섞어 만든 코브라 키스를 만들어줄 거야. 그리고 한 잔씩 더 마실 수도 있겠지. 그 뒤에 그녀가 침실에 들어가는 것으로 모든 퍼즐이 완성되는 거야.

나는 불을 끄고 그녀를 따라가겠지.

내가 끄지 않은 단 하나의 불빛으로 천장이 마치 은하수처럼 춤을 출 거야. 우리들은 다음 달에 란초 리비도의 반짝이는 천장에 작별을 고할 수 있길 고대하고 있다. 우리의 옛 집은 말끔하게 청소가 되어 있겠지. 창문은 꼭 들어맞게 방수처리될 거고, 벽의 측면은 합판으로 보강이 되어 있겠지. 그러면 다음에 큰 비로 인해 산사태가 일어나도, 우리들은 언덕 아래까지 쓸려가 부서진 건물 밑에 깔리지는 않을 거야.

지금, 우리들은 침대를 벽의 모서리에 대각선으로 놓았다. 할리는 머리를 동쪽으로 하고 자는데, 머리를 동쪽으로 향해야만 일어날 때 개운하고 평안하단다. 나는 북쪽에 머리를 두고 남쪽에 발을 두고 잔다. 내가 잘 못 알고 있는 게 아니라면, 무덤에 사람을 묻을 때 동쪽에서 서쪽으로 눕힌다.

이따금씩 우리들은 여행을 가자고 한다. 웃긴 건 둘이 생각해낸 곳이 기껏 내 여행사의 목록에 있는 그런 해변들이라는 거다.

우리가 해야 할 일은 일 년에 최소한 반 년 정도는 시원하고 건조한 내륙 어딘가를 찾아내서, 이사를 하는 거다. 우린 정말로 그렇게 할 것 같다.

"정말이지, 우린 가능성이 없는 사람들에게서 벗어나야 해."라고 할리가 말한다.

사실은 해변이란 곳이 과체중과 같다. 그런데 살을 빼고 나면, 그땐 뭐라고 핑계를 대야 할까?

2년 전 쯤, 나는 떠났었다.

동부로 갔다.

그건 실수였다. 몇 달 후 다시 이삿짐을 쌌다.

그때 난 이 곳에서 일어나는 일에 대해서 생각했다. 1번 고속도로는 해안도로인데, 전망 좋은 곳이 많다. 사람들이 절벽 밑에 뭐가 있는지 보려고 목을 길게 빼다가 절벽에서 떨어지는 일이 일어난다고 한다. 바닥이 덤불인 곳도 있고 바위인 곳도 있다. 그렇게 떨어지는 걸 1번 고속도로를 타고 서쪽으로 간다고 표현한다. 추락하는 사람들을 위한 클럽도 있는데, 죽은 다음에야 회원 가입 자격이 주어진다.

이삿짐 차가 충돌했을 때 그 클럽이 떠올랐다. 내 인

27

생 전부가 진흙의 골짜기로 흘러갔으니까. 비 때문에 그 차를 꺼내는 데 2주나 걸렸다. 식탁보에는 곰팡이가 수놓은 듯 피었고, 내 신발에선 도롱뇽이 춤을 추었다.

그 끔찍한 소식에도 난 차선을 바꾸며 집을 향해 계속해서 서쪽으로 달렸다.

그렇게 어마마마한 전조는 무시해도 괜찮다고 말하면서.

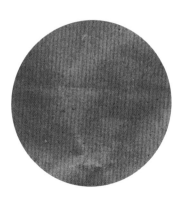

Celia is Back

실리아가 돌아온다

Celia Is Back

"행운은 그냥 찾아오는 게 아냐." 아버지가 아이들에게 말했다. "행운은 준비가 잘 되어 있을 때 찾아오는 법이야."

"크게 성공한 사람들이 그렇게 말하더라고요." 아들이 아버지의 말을 지지했다.

남매는 콘테스트에 응모하는 중이었다. 부엌 식탁 위에는 시리얼 상자에서 떼어낸 양식과 신청 용지가 흩어져 있었다. 아들은 파란색 롤스로이스 사진을 들고 있었다. 그는 아직 어려서 이 경품 행사의 상품인 롤스로이스를 탈 수 없는데도 말이다.

"꼭 파란색이어야만 할까요?" 아들이 물었다. "다른 색깔의 차를 받을 수도 있을까요?"

"운전도 못하잖아. 그러니까 그건 다 쓸데없는 질문일 뿐이야."라고 딸이 말했다.

딸은 공책에서 종이 한 장을 찢어서, 각서를 썼다. 그녀의 아버지가 내년 가을 경품 행사에서 롤스로이스를 받으면 그걸 자신에게 준다는 내용이었다. 딸은 아버지가 서명을 할 수 있도록 종이에 줄을 그었다. 그리고 그 줄 밑에 한 줄을 더 긋고는 "증인"이라고 썼다.

아버지는 일주일에 한 번씩 있는 약속시간까지 여유가 있었다. 그래서 커피를 따르고는 신청 양식의 빈 칸을 채우기 시작했다. 말은 그렇게 했어도 그는 자신에게 행운이 따른다는 걸 잘 알고 있었다. 집에서 쉬고 있을 때, 그는 두 번이나 경품을 탔다. 비행경비 포함 두 사람이 일주일 동안 하와이 여행을 갈 수 있는 경품, 그리고 기구를 탈 수 있는 경품.

경품 행사에 참여하는 것은 너무도 쉽다고 아버지가 설명했다. 추측할 필요도 없고, 듣기 좋은 소리를 쓸 필요도 없고, 어떤 재주도 필요 없어. 이름과 주소를 쓰고, 그리고선 용지를 물에 적시기만 하면 돼. 물에 젖었던 용지는 마르면 빳빳하고 쭈글쭈글해져서, 추첨위원이 다른 용지보다 쉽게 잡을 수 있게 되거든. 경품 행사에는 원하는 만큼 자주 참여할 수 있지. 상품이나 당첨이 번거로움을 이겨낼만한 가치만 있다면, 얼마든지 그렇게 할 수 있어.

아버지는 안녕이라고 인사하는 인디언처럼 손을 들었다. "세 가지 'ㅇ'을 기억하면 돼."라고 아이들에게 말했다. "인내, 인고, 우표. 경품을 타고 싶은 사람은 세 가지 'ㅇ'을 기억하기만 하면 돼."

"콘테스트는 경품 행사와는 다르지. 콘테스트에서 상품을 타려면 재능이 있거나, 아니면 최소한 요령이라도 알고 있어야 해." 아버지가 말했다.

"S-O-S도 물론 알고 있어야 하지."라고 아버지는 알려주었다. "너희들은 이걸 꼭 기억하는 게 좋아. 간결하고, 독창적이고, 진심을 담고 있어야 해.(Be Simple. Be Original. Be Sincere.) 이게 바로 경품을 타는 방법이야."

경품 응모를 마치고 우표까지 붙인 뒤에, 아이들은 아버지를 붙들고 젤로 푸딩 콘테스트도 도와달라고 했다.

"아빠, 도와주세요. 아빠는 언제나 경품을 타시잖아요." 아이들이 말했다.

"알았다. 하지만 아빠가 약속시간을 어기게 해선 안돼." 아버지가 말했다.

너희들이 해야 할 일은 젤로 푸딩을 왜 좋아하는지 심사 위원에게 설명하는 거야. 다음 문장을 완성하는 거지. "제가 젤로 푸딩을 좋아하는 이유는 _____."

우선, 아버지는 아이들이 뭐라고 적어놓았는지 살펴보았다. "진심이 담겨 있구나."라고 말했다. "하지만 독창적이지 않아." 어떤 사람에게 처음 떠오른 생각은 다른 사람들에게도 똑같이 떠오를 거라고 그는 말했다.

"생각을 해봐. 젤로 푸딩을 생각하면 뭐가 생각나니? 젤로 푸딩의 핵심은 뭘까?" 아버지는 말했다.

그가 너무도 오래 말이 없자 아이들은 서로를 쳐다보았다.

"아빠, 뭐 하세요?" 딸이 말했다.

아버지는 눈을 감고, 의자에 등을 기대었다. "내가 젤로 푸딩을 좋아하는 이유는 겨울날 활기차게 산책을 하고 난 뒤에 영양이 가득한 식사를 하고 싶기 때문이죠. 나를 정말로 따뜻하게 만들어줄 만큼 말이에요."라고 말했다.

아들이 낄낄거리자, 딸도 낄낄거렸다.

아버지는 당황한 표정을 지었다. "젤로 푸딩 콘테스트라고 그러지 않았니?"라고 그는 말했다. "그래, 그럼, 좋아."라고 말했다. "내가 젤로 푸딩을 좋아하는 이유는 단단하면서도 공단처럼 부드러워서, 푸딩이 잘게 부서지거나 표면만 벗겨지거나 하지 않기 때문이죠. 아냐, 이

건 아냐."라고 그는 말했다. "그러니까, 내가 젤로 푸딩을 좋아하는 이유는 달콤하고 감미로운 맛이 나기 때문이죠. 정원에서 방금 따온 것처럼 신선하니까."라고 말했다. "그 이유는 너무 물기가 많지 않기 때문이죠. 오 젤로 푸딩, 내가 그걸 좋아하는 이유는 다른 상표의 제품보다 흡수성이 더 좋기 때문이죠. 입안에서 쓸리거나 넘어가지도 않아요."

눈을 뜨자 아들이 방을 나가는 게 보였다. 아버지가 눈을 뜬 것은 아들이 방바닥에 연필을 내던지는 소리를 냈기 때문이었다.

"이미 당첨되었을지도 모르는데."라고 아버지는 말했다.

그는 다시 눈을 감았다. "누구나 다 알다시피," 그는 계속했다. "대부분의 푸딩은 나를 예민하게 만들어요. 그렇지만 젤로 푸딩은 그렇지 않죠. 카페인이 들어 있지 않기 때문이지요. 맛도 딱 좋아요. 그 맛이 오랫동안 유지되도록 만들어졌거든요."

"그래요, 난 젤로 푸딩을 좋아해요, 두통을 완화시키려고 할 때 먹을 수 있는 유일한 것이기 때문이죠. 아니면 입 냄새를 없애고 싶을 때도 좋아요. 혹시 입 냄새가 당신을 삼켜버리길 원하지 않는다면 말이에요."

이번에 그가 정신을 차리게 한 소리는 열쇠고리에 매달려 빙글빙글 돌아가는 자동차 열쇠 소리였다. 딸이 열쇠를 들고 있었다. "아빠, 서두르세요. 늦으시겠어요." 딸이 말했다.

"내가 그랬었지?" 아버지가 말했다. "'아빠가 약속 시간을 어기게 해선 안 돼'라고 내가 말했었지."

그는 딸을 따라서 차로 갔다. "내가 젤로의 핵심을 말해줬지?" 그가 물었다.

그의 운전 실력은 여전히 훌륭했다.

그는 딸을 조수석에 앉히고 천천히, 조심스럽게 운전했다. 그는 간선도로를 빠져나와 프랜차이즈 음식점과 쇠락해가는 사무실들이 있는 널찍한 상가 거리로 들어섰다. 목적지는 그곳에서 몇 블록 떨어져 있었다.

빨간 불 때문에 그가 멈춰 선 곳은 마를렌느 하우스 건너편이었다. 더러운 유리창에 손 글씨로 쓴 선전문구가 붙어 있었다. "에드워드 씨의 직원이었던 실리아가 우리 회사에서 일하게 되었습니다."

핸들 위에 놓인 아버지의 손이 느슨해졌다.

실리아라니, 그는 생각했다.

실리아가 돌아오는구나. 모든 걸 바로잡으러. 그 멋진 실리아가 자신의 실력을 발휘하겠구나.

신호등이 파란색으로 바뀌었다. 정말로 그녀가 돌아오는 건가? 그는 궁금했다. 실리아가 여기로 돌아온단 말인가?

뒤에서 차들이 빵빵거리고, 옆 좌석에 앉은 딸은 주먹을 휘둘렀지만, 아버지는 그대로 멈춘 채였다.

이제 실리아가 여기로 돌아오니, 모든 게 괜찮아지겠구나, 라고 그는 생각했다.

Nashville Gone to Ashes

내쉬빌을 화장하고서

Nashville Gone to Ashes

우리 개를 화장하고 난 뒤로, 나는 남편의 침대에 누워서 "동물 아카데미 시상식"을 보곤 한다. 원래 제목은 그게 아니지만, 영화나 텔레비전이나 광고에서 놀라운 연기를 펼친 동물들에게 상을 주는 프로니까 그렇게 부른다. 작년에는 쉴리츠 맥주 광고에 나온 황소가 상을 탔다. 그 전에는 코카투 앵무새인 프레드가 탔다. 프레드는 술병에서 술을 비우고는 빙글빙글 돌다가 취해서 쓰러지는 연기로 상을 탔다. 텔레비전에서 이 프로가 최고라고, 내 남편 플리는 말했었다.

플리가 세상을 떠난 뒤에도, 나는 습관상 이 프로그램을 본다.

따뜻한 TV 수상기 위에는 커다랗고 하얀 처크가 앉

43

아서, 셀 수 없을 만큼 많은 낮잠을 자고도 또 낮잠을 청하고 있다. 녀석이 늘어뜨린 꼬리가 TV 화면을 절반으로 나눈다. 장식장 위에는 소나무로 만든 작은 나무상자가 전화기 옆에 놓여 있는데, 그 안에는 모래 알갱이 같은 내쉬빌의 재가 담겨 있다.

올해 최고의 명예는 닐이라는 사자가 차지했다. 닐은 아프리카에서 촬영을 하고 있어서, 닐의 손자인 윈스턴이 대신 상을 받는다고 진행자가 말한다. 10주밖에 되지 않은 새끼 사자가 어떤 여인의 팔에 안겨 무대에 올랐고, 관객들은 모두 "와아아"라고 외친다. 집에서 이 프로그램을 보고 있는 시청자들도 분명히 똑같이 그랬을 거다. 새끼 사자를 따라서, 다른 모든 수상자들도 무대 위로 올라온다. 아마 모두 진정제를 맞았을 거다. 어떤 동물도 서로 물고 뜯지 않았으니까.

내게는 돌봐줘야 할 녀석들이 있다. 처크는 비뇨기 문제가 있어서 토마토 주스가 필요하고, 보리스와 커비는 서캐 때문에 양조용 이스트가 필요하다. 구관조는 내가 청소기를 꺼내놓기만 하면 소리를 질러댄다. 새들은 청소기의 호스를 뱀이라고 생각한다.

풍을 맞은 뒤, 플리가 병원을 처분했기 때문에, 이제 내가 돌봐야 할 것들은 이 놈들이다. 내가 집을 같이 쓰

44

는 식구도 이 놈들이다.

말이 나왔으니 하는 말인데, 내 남편, F. 리 포레스트는 수의사였다.

병원은 바로 집 옆에 있었다.

처음에 그에게 병원을 마련해 준 건 내 쪽이었다. 애플소스로 번 돈으로 나는 그에게 병원을 사주었다. 나의 아버지는 애플소스로 큰 돈을 벌었다. 화학물질을 쓰지 않고 사과 껍질을 벗기는 그만의 방법을 알고 있었기 때문이다. 물려받은 상당한 돈으로 나는 내가 원하는 걸 모두 가질 수 있었다. 내가 폴리에게 병원을 사준 것은 그렇게 할 수 있었기 때문이었다.

윌 로저스는 의사 중에서 수의사가 가장 고귀하다고 주장했다. 동물들은 수의사에게 어디가 아픈지 말해줄 수 없기 때문이라나. 수의사가 그들에게 다가가야만 하는데, 폴리는 진심으로 그렇게 했다.

내가 사랑했던 건 그의 그런 사랑이라고 생각한다. 그런 관계가 내게 위안을 주었다. 당연히, 그런 관계가 나에게로 이어질 것이라고 느꼈기 때문이다. 그렇지만 그런 관계가 내게로까지 이어지지 않았는지, 아니면 이어졌는지, 이어졌다 해도 딱 그만큼이었고 그 이상은 아니었는지 처음엔 무척 혼란스러웠다. 내 사랑은 이렇게 큰데, 왜 똑같은 사랑을 돌려받지 못할까, 라고 생각했었다.

거기에서 모든 게 끝났을 수도 있다. 그러나 동물들을 향한 그의 격렬한 애정이 내게 희망을 주었고 계속 기다리게 만들었다.

남편의 일이라고 해서 그냥 자연스럽게 받아들인 것도 아니었다. 예를 들면, 내게는 고양이 알레르기가 있다. 그래서 지난 20년 동안, 나는 면역치료를 받아야만 했다. 약도 아니고 주사를 맞아야 했다.

17살이 될 때까지도, 나는 먹는 햄이 일종의 동물이라고 생각했다. 그렇지만 나는 집 옆의 병원에서 동물의 대변검사를 하는 것도 꺼리지 않았다.

나는 우선 구관조에게 가서 진공청소기를 치워준다. 이 새가 소리를 지르지 않을 때 말하는 것이라고는 딱 하나 뿐이다. 플리가 가르쳐준 거다. 그는 새장에 "나보고 바보라고 말해봐"라는 푯말을 달아 놓았다. "맞아, 넌 바보야"라고 새에게 말을 걸면, 그 새는 정말로 비꼬는 말투로 "난 말이라도 할 줄 알지, 넌 날 줄 알아?"라고 말한다.

플리는 그 구관조를 데리고 베가스에서 병원을 열 수도 있었을 것이다. 그렇지만 이 새의 비위를 맞추는 건 불가능하다.

가장 먼저 보내버릴 녀석은 구관조다. 내쉬빌까지 치면, 두 번째가 되겠지만.

플리에게 이 녀석들을 돌보겠다는 약속을 했고, 그 약속을 지키고 있는 중이다. 이 녀석들을 돌봐줄 새 주인을 찾아보기도 했었지만.

내쉬빌은 그가 제일 좋아하는 녀석이었다. 내쉬빌은 다리에 털이 별로 없고, 옅은 청녹색 눈을 가진 회색 살루키[2]였다. 이집트 항아리에 그려진 삐쩍 마른 개, 바로 그 개들이 살루키다. 당시에 사람들은 이 개들을 숭배했다.

플리도 개를 숭배하는 듯이 행동했다.

그는 그 개에게 대추야자를 먹이기도 했다.

그 개가 다음 대추야자를 먹기 전에 조심스럽게 씨를 뱉는 것을 본 적이 있다. 그 개는 플리가 잇몸을 마사지하기 위해 입 안에 손을 넣을 때, 스핑크스처럼 앉아 있었다. 그 개는 플리가 손톱으로 치석을 떼어내도록 놔두었다.

내가 개 이름이 내쉬빌인 이유를 설명하는 것은 이번이 마지막일 것이다. 내쉬빌의 형제 중 최우량 강아지의

---

2. 아라비아 지방 원산의 그레이하운드 비슷한 사냥개.

이름은 멤피스였다. 강아지들은 모두 이집트식 이름을 지어주게 되어 있었다. 그런데 플리가 오해를 하고는 개의 이름을 내쉬빌로 지었다.[3] 동부에 사는 여자가 데려간 개는 보스톤이라고 이름지어졌다.

매년 여름이 끝나갈 무렵, 플리는 내쉬빌을 센트럴 밸리[4]로 데려가곤 했다. 그들은 포도밭에서 뛰쳐나오는 토끼 사냥을 했다. 시각이 발달한 수렵견을 이용하여 사냥하는 것을 코싱[5]이라고 부른다. 시력이 좋았던 내쉬빌은 토끼를 찾아내면 토끼를 뒤쫓을 수 있도록 플리에게 알려주었다. 한 번은 그 개가 하늘을 뚫어지게 쳐다본 적이 있는데, 그 개의 시선을 따라가 보니, 태양을 가로지르는 비행기를 쳐다보고 있었다고 플리가 말해주었다.

나도 따라가곤 했는데, 보리스에게 딱 한 번 이런 사냥을 하게 했다.

참, 보리스는 러시아 늑대개이다. 그 녀석은 로즈 보울 퍼레이드에 참여하는 꽃수레만하다.

그 녀석은 팔팔한 십대에 해당하는 개라고 할 수 있

---

3. 고대 이집트의 수도였던 멤피스는 미국 테네시 주의 수도 이름이기도 하다.
　이를 오해한 플리는 자신의 개 이름을 이집트식으로 지어주는 대신에,
　테네시 주의 다른 도시인 내쉬빌에서 따왔다.
4. 캘리포니아주 중앙부의 넓은 지역.
5. coursing.

다. 보리스의 얼굴에 털이 나지 않았더라면, 그 녀석은 여드름투성이였을 것이다. 그 녀석은 일주일에 나일라 본즈[6]를 두 개나 먹어치우는데, 한 번은 못 한 상자를 먹어치우기도 했다.

못 하나가 아니라, 한 상자였다.

보리스가 토끼를 쫓아다니게 풀어놓은 날, 그 녀석은 이미 커피 한 잔을 마신 상태였다. 폴리는 크림이 반쯤 섞인 커피를 보리스가 마시게 두었는데, 카페인은 개의 추격 능력을 향상시키기 때문이다. 그런데 보리스가 너무도 흥분해서, 사냥감과 그 밖의 것을 구별하지 못할 지경이 되었다. 그 녀석은 심지어 나한테 달려들기도 했다. 맥스웰 하우스로 자극을 받은 50킬로그램이나 나가는 늑대개가 달려들었단 말이다. 그건 꽤 겁먹을 만한 광경이었다. 이제 보리스는 공원에서만 사냥을 하도록 해서, 기껏해야 공원의 비둘기와 꼬리에 털이 없는 다람쥐나 쫓아다닌다.

남편은 중풍을 앓고 난 뒤, 3주가 지나서야 겨우 말을 다시 할 수 있었다. 그의 첫 마디는 "바보짓"이었다. 나는 이 말이 보리스한테 한 말이라고 생각하고 있다. 어쨌든 폴리의 휠체어를 밀어준 녀석은 바로 보리스였다.

---

6. 미국의 애견용품.

그 녀석은 평평하게 포장된 인도에서 달음박질을 하다가 점프를 해서는, 자신의 앞발로 휠체어의 뒤쪽을 밀었다. 그래서 플리가 탄 휠체어는 놀라울 정도로 멋지게 몇 야드나 앞으로 굴러갔다.

어떻게 그런 훈련을 시켰는지 물었더니, "난 그런 적 없어."라고 플리가 대답했다.

만일 그가 그 녀석을 먼저 좋아하지 않았더라도, 난 그런 개에게 사랑을 줄 수 밖에 없다.

마침내 잠을 잘 수 있는 방법을 찾아냈는데 그건 일종의 속임수다. 남편의 침대에서 자는 거다. 그렇게 하면 내가 바라보는 빈 침대는 내 침대일 뿐이니까.

추운 밤 나는 손에 남편의 양말을 낀다. 그리고 그의 침대에서 편지를 읽는다. 사람들은 플리가 컬럼을 썼을 때부터 지금까지 편지를 보내오고 있다. 그는 신문에 애완동물 Q & A를 썼다. 새 의사가 나를 기분 좋게 해주려고 편지를 보내주기도 한다. 내가 재미있게 읽은 편지 중 하나는 이런 거다. 편지를 쓴 사람은 자신의 고양이가 동성애를 한다고 생각하고 있다.

편지는 이렇게 시작한다. "제 고양이 프랭크(가명)는 …"

플리의 양말 이외에 나는 그의 시계도 찬다.

많은 사람들이 죽은 남편의 시계를 찬다.

이런 식으로 우린 서로에게 말을 건다.

나는 잠이 들 때, 내쉬빌이 플리와 어떻게 잠을 잤는지 생각해본다. 플리한테 그 개는 사슴의 뿔이 담긴 자루처럼 느껴졌을 것이다. 내가 지금 읽고 있는 건 신혼부부의 침대에서 남편이 아프칸 하운드와 함께 잠을 잤다는 이유로 파경에 이르렀다는 이야기다.

내 침대는 따로 있었다. 우리가 필요할 때—섹스만은 아니다.—를 제외하고는, 나는 혼자 거기서 잤다. 물론 섹스는 우리가 그 곳에 함께 하는 방법이기는 했다.

아침에, 나는 혼자가 아니다. 내쉬빌이 죽은 뒤에는, 처크가 그 자리를 차지했다.

처크는 흰 털에 파란 눈을 가진 고양이이다. 그 종류 중에서는 드물게도 귀가 먹지 않았다. 그렇지만 부른다고, 녀석이 온다는 말은 아니다. 이 녀석의 털은 비버의 털처럼 빽빽해서, 쓰다듬은 손가락 자국이 남을 정도다.

처크가 얌전하게 굴 때에는 고양이 계의 내쉬빌이라고 할 수 있을 만하다. 그러나 그 녀석은 크리넥스 상자에서 화장지를 한 장씩 뽑는 것을 최고의 재미로 알고 있다. 그 녀석이 꽤나 소란을 피울 것 같으면, 나는 빗으로 그 녀석을 얌전하게 만들곤 한다. 그 방법은 플리가

51

알려준 것이다. 어떤 고양이든지 빗살을 긁기만 하면 하품을 하게 만들 수 있다. 그러면 우리가 원하는대로 할 수 있다. 아무리 쌀쌀맞은 고양이라 해도.

동물들은 순수해, 동물들은 속임수 같은 건 하나도 쓰지 않는다니까. 플리는 말하곤 했다. 그러면 나는 이렇게 반박했다. 고양이들을 생각해봐. 녀석들이 혹시라도 비틀거리다가 쓰러지기라도 하면, 재빨리 몸을 핥기 시작하잖아. 원래 그럴 생각이었다는 듯이. 가식은 사기잖아. 그런데 고양이는 가식을 떨어. 누구?, 나말이야? 라는 식으로. 고양이들은 옆집에 음식이 더 잘 나오면 이사를 가기도 하고, 거리에서 옛 주인을 만나면 주인의 이름도 자신의 이름도 모르는 체하기도 하잖아.

어쨌든 아침마다 처크는 내 목 옆에서 가르랑거리는데, 그건 마치 기도 소리처럼 느껴지곤 한다.

아침에 나는 기도를 한다.

우편배달부는 구관조를 입양하려던 마음을 바꾸었고, 카이저 부인이 커비와 처크를 데리러 왔을 때, 두 녀석 모두 눈에 띄지 않았다. 나는 문가에서 그 녀석들의 물품을 가방에 쌌다. 처크의 토마토 주스와 개박하향 장난감 쥐, 그리고 커비의 이를 닦는 데 쓰는, 산화마그네슘 정을 넣은 우유가 그것들이다.

처크는 이런 짓을 하고도 남는다. 그렇지만 커비는 책임감 있는 녀석이다. 우리랑 가장 오래 살았는데, 날씬하고 체구가 작은 골든 리트리버다. 커비는 텔레비전에 나가려고 전문가에게 훈련을 받기도 했다. 커비는 연속극에 나갈 예정이었는데, 그럴 만큼 충분히 크게 자라지 않았다. 이제는 쓸모없게 됐지만, 여전히 온갖 재주를 부릴 줄 안다. 플리가 커비를 체포했을 때는, 집 옆의 병원 대기실에 있던 사람들이 놀라워 했었다.

"커비, 너를 체포하겠다."라고 플리가 말했다. 그러자 커비가 벽 쪽으로 물러섰다. 플리가 "커브, 몸수색을 하겠다."라고 말하자, 커비는 앞발을 벽에 대고는, 플리가 옆구리를 더듬는 동안 가만히 서 있었다.

카이저 부인은 자신의 개가 죽은 뒤, 나를 찾아왔다.

커비가 그녀의 무릎에 발을 얹자, 카이저 부인은 울음을 터뜨렸다.

내 생각에, 사람들은 관심을 구하는 개를 좋아한다.

커비는 자기 머리를 만지는 걸 싫어하기 때문에, 머리 대신 발을 쓰다듬으라고 발을 주는 것 뿐이다. 그렇지만 카이저 부인은 커비의 그 동작을 기억하고 있었다. 처크는 아이가 없는 집에 입양되는 것이 낫겠다고 하자, 그녀는 처크도 데려가겠다고 했다. 녀석은 아이를 질투

해서 경기를 일으키곤 한다. 처크가 없어지면, 크리스마스에 포인세티아와 겨우살이를 집에 둘 수 있으리라 내심 생각하고 있었다.

녀석들이 나가서 돌아오지 않자, 녀석들이 돌아오는 대로 직접 데려다 주겠다고 카이저 부인에게 말했다. 그녀는 현관에 서서 보리스에게 말을 걸고 있었다. 아니, 그녀가 보리스 대신 말을 해주고 있는 것 같았다.

"'오, 멋진 뼈다귀인 걸, 그 멋진 뼈를 내가 가져도 될까?'라고 말하고 있구나."

보리스가 저쪽으로 걸어가서 깔개 위에 털퍼덕 주저앉았다.

"'아이구야, 힘들어.'라고 말하고 있구나."

카이저 부인은 자기 남편의 시계를 수년 동안 차고 다녔다.

그녀가 집으로 돌아간 뒤, 그 녀석들이 돌아왔다. 처크는 반쯤 먹은 다람쥐를 입에 물고 들어왔다. 그 녀석은 다람쥐를 부엌 바닥에 떨어뜨려 놓았다. 먹고 먹히는 현실 세계의 잔인함을 상기시키는 증표로서 말이다.

F. 리가 죽은 뒤, 내게 어떻게 지내는지 묻는 사람들이 있었다. 마침내 옷장에 여분의 옷걸이가 생겼다고 말해 주었다. 내가 하려던 말이 그건 아니었다고 생각한

다. 아니다, 어쩌면 그럴지도 모르겠다.

내쉬빌은 상심해서 죽었다. 음식을 거부했고, 정말 살고자 하는 의지를 잃어버렸다.

그리곤 감염되었다.

마침내 내가 직접 펜토바르비탈 나트륨[7]을 주사했다. 나는 개 때문에 후순위로 밀려났다고 느꼈었다. 내 얘기 좀 들어보라니까!

그렇지만 사실 우리는 모두 똑같이 사랑받았다고 생각한다. 플리가 내게 주었던 사랑은 동물들에게 주었던 사랑과 똑같은 사랑이었다. 그는 개들에게 '너희들이 깔개에 오줌을 싸지 않을 경우에만, 너희들을 사랑할거야.'라고 말하지 않았다. 그들이 무슨 짓을 하든지 간에 그는 그들을 사랑했을 것이다.

그런 사랑을 나도 받았다고 할 수 있다.

그런데 나는 사랑에 조건이 있길 원했다.

맙소사, 그 사실을 인정해야 한단 말인가?

남편은 동물들이 결코 실망시키지 않는다고 말했다. 나는 물론 이것도 따졌다. 동물도 실망시킨다고 말했다. 깔개에 오줌을 자꾸만 싸는 개들을 보고도? 동물들의

---

7. 진정·최면·항경련약

행동을 바꾸려고 기울인 노력이 물거품이 되면 어떤 느낌이 드는데?

그게 어떤 기분인지 나는 안다.

나는 더 큰 생각에 몰두하며 살길 원했었다. 하지만 우리들의 삶에 동물이 한 번도 끼어들지 않았던 기억이라곤 전혀 없는 것 같다.

커비는 여전히 일요일 아침마다 신문을 물고 들어온다.

커비는 플리가 십자낱말풀이를 하는 걸 지켜보곤 했다. 그는 커비에게 물어보는 시늉을 했다. "왜 네가 '개'라고 말하는지 알겠어, 그런데 '고양이'란 말도 딱 맞는다는 걸 모르겠니?"

보리스와 커비는 여전히 플리의 슬리퍼를 놓고 싸운다. 그렇지만 플리는 이런 싸움은 그 녀석들이 죽기 전까지 계속된다고 말하곤 했다.

우리 모두는 여전히 이렇게 살고 있다. 보리스, 커비, 처크 말이다. 화장한 내쉬빌은 빼고. 잠자러 가기 전에 나는 구관조에게 말한다. 너는 벙어리는 아니지만, 바보라고.

결혼기념일에 꽃다발이 배달되었다. F. 리가 장미를 보냈다고 카드에 씌어 있었다. 꽃가게 주인에게 전화했더니, 플리가 "사랑 보험"을 들어 놓았다고 말해주었다.

이 서비스는 잘 잊는 사람들을 위해 제공하는 것이라고 했다. 꽃가게 주인에게 날짜만 말해놓기만 하면, 그가 자동적으로 꽃을 보내준다고 했다.

그런 식으로 꽃을 받자 섬뜩했다. 마을까지 먼 길을 걸으면서 이런 감정을 떨쳐야겠다는 생각이 들었다.

집을 나서기 전에 처크에게 락사톤을 주었다. 날이 따뜻해지면서, 그 녀석의 장에 뭉쳐있는 털을 처리할 필요가 있어서다. 그래서 얕은 물그릇 안에 사료 그릇을 놓아두었다. 그리고 처크의 물에 액체 세제 한 스푼을 탔다. 처크가 온종일 먹는 동안, 미끈거리는 해자 때문에 벌레가 그릇에 끼지 못할 것이다.

마을로 걸어가는 동안 나는 정신이 돌아왔다.

두가지 일이 일어났고 여전히 기억이 생생하다.

첫 번째 일은 어떤 거지를 만난 일이었다. 그는 개를 옆에 끼고 인도에 주저앉아 있었다. 옆에는 곡식 알갱이 만한 눈곱이 낀 늙은 콜리가 잠자고 있었다. 개 코 아래 에는 "개에게 먹을 것 좀 주세요."라는 글이 쓰인 빨간 플라스틱 그릇이 놓여 있었다.

그 개는 폴리가 치료를 하고는 마취가 풀리는 동안 두 팔로 안아주었던 개들처럼 평온했다.

몇 블록을 더 지나서, 나는 쇠고기 분쇄육을 한 근 샀다.

거의 뛰다시피 해서 거기로 돌아왔다.

둘은 여전히 거기에 있었다. 그리고 동전 몇 푼이 그릇에 들어 있었다. 개에게 먹을 것을 주면서, 나는 기분이 상당히 좋았다. 돌아서서, 그 거지가 나를 빤히 쳐다보고 있다는 걸 알기 전까지는 기분이 좋았다. 그는 문 닫힌 구두 수선소의 격자 모양 철문에 기대어 있었고 그의 발치에 있는 깡통은 비어 있었다. 그는 계속 지켜보고 있었던 거다. 내가 그에게는 아무것도 주지 않는다는 것을.

사람들은 이와 같은 일을 얼마나 깊이 받아들일까? 난 사람들이 이런 일을 마음 가는 데까지 받아들인다고 생각한다. 우리는 우리가 줄 수 있는 것을 줄 뿐이다. 마음이 닿을 수 있는 데까지, 딱 거기까지만.

이것이 나를 집으로 돌아가게 만든 첫 번째 일이었다. 그리고 두 번째 일은 그저 비가 내렸다는 것이다.

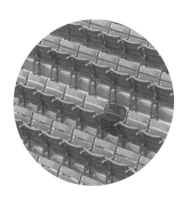

San Francisco

샌프란시스코

San Francisco

제가 뭘 생각하는지 아시겠어요?

전 그게 진동이었다고 생각해요. 그건 진동 때문에 일어났음에 틀림없어요. 발 밑의 봉고 보드[8]처럼 마루가 우르릉거렸던 거 말이에요. 엄마랑 아빠랑 제가 점심을 먹고 있었다는 것을 기억하세요? "이건 지진이 아닌 것 같은데," 엄마가 말씀하셨지요. "네가 식탁을 흔든 거 아니니?"

그때 그 일이 일어난 게 틀림없어요. 화장대 위에 놓인 시계, 그게 작은 물건이다 보니, 부르르 떨리다가 바닥에 떨어진 게 분명해요.

---

8. 바퀴가 하나 달린 보드.

그리고 메이디가 어떻게 알겠어요? 병원 진료실에 있었던 메이디가요? 심리상담가의 긴 의자에 누워서 그렇게 오랜 세월을 보냈는데, 갑작스럽게 그 의자가 움직인 거죠.

맙소사, 그 큰 게 닥칠 때 그녀는 긴 의자에 누워 있었잖아요.

메이디가 엄마에게 아무 말도 하지 않았으니, 그녀의 의사가 했던 말을 엄마가 어찌 아시겠어요? 메이디가 긴 의자에서 벌떡 일어나서 "어머, 이건 지진이었나요?"라고 말했을 때.

의사는 이렇게 말했대요. "그게 지진처럼 느껴졌나요?" 우린 의견이 일치한다고 생각해요. 엄마는 밝은 면만 보셔야 하니까요.

그래서 제 생각으로는 바로 그때 그 일이 일어났음에 틀림없어요. 저한테 그게 중요하다는 것은 물론 아니죠. 궁금해 하는 건 메이디이니까요. 그녀는 장녀라서 자신이 받을 걸 받아야 한다고 생각해요. 그렇지만 그게 일어났을 때, 그 장녀는 어디에 있었죠? 당신을 찾아낸 건 어떤 딸이었나요?

메이디가 엄마의 시계에 대하여 묻기 시작했을 때, 전 이 말을 해야 한다고 느꼈어요. 제가 한 말은 "아직 시신이 차가워지지도 않았는데?"였어요.

몸은 그 사람이 아니고, 본질이 그 사람인데, 그 본질은 몸을 떠나는 거라고 메이디는 말했어요. 물론 그 사람의 소지품도 떠나는 거래요. 예를 들면, 시계 같은 것도요.

"시간이 날아가네. 쏜살같이."라고 제가 말했어요.

"과일이 날아가네."[9]라고도 제가 말했어요. 그랬더니 메이디가 "뭐?"라고 되물었어요.

"과일이 날아간다니까. 과일이 바나나처럼 빨리 날아간다고."라고 저는 다시 말했어요.

메이디를 놀리는 것은 얼마나 쉬운 일인지.

얼마나 쉬웠는지 기억나세요?

이제 메이디는 제가 엄마의 시계를 가져갔다고 생각하고 있어요. 메이디 생각으로는 제가 그 곳에 가장 먼저 왔으니 가장 먼저 시계를 가져갔을 거라는 거죠. 메이디는 계속 묻고 있죠. "누가 엄마의 시계를 가져갔어?" 그리곤 제게 말하죠. "네가 엄마의 시계를 가져갔니?"

---

9. 이 말은 여러 마리의 초파리(fruit flies)를 뜻하는 동음이의어를 이용한 농담.

In the Cemetery

Where Al Jolson Is Buried

앨 졸슨이 묻힌 묘지에서

In the Cemetery Where Al Jolson Is Buried

"잊어버려도 상관없는 얘기나 해 줘. 아무짝에도 쓸 모없는 이야기 말이야. 그런 게 아니라면, 하지 마."라고 그녀가 말했다.

나는 이야기를 시작했다. 빗방울을 피하여 빗속을 조금도 젖지 않은 채 날아가는 곤충 이야기를 해주었다. 그리고 미국에서 처음으로 녹음기를 소유했던 사람은 빙 크로스비[10]였다는 이야기도 해 주었다. 달이 사실은 바나나 모양을 하고 있다고도 말해주었다. 동그랗게 보이는 건, 정면에서 바라보기 때문이라고.

카메라 때문에 어색한 기분이 들어 이야기를 그만두

---

10. Bing Crosby는 미국 가수이며 영화배우.

69

었다. 카메라는 천장 거치대에서 우리를 찍고 있었다. 은행에서 강도의 사진을 찍기 위해 사용하는 그런 카메라였다. 그것은 중환자 병동을 담당하는 간호사들에게 우리들을 생중계해주고 있었다.

"계속해."라고 그녀가 말했다. "익숙해질 거야."

청중이 있다고 생각하며 나는 이야기를 계속했다. 태미 와이네트[11]가 자신의 노래를 바꾸어 불렀는데 알고 있었어? 정말이야. 이젠 "당신의 친구를 지지해주세요."로 바꾸어 부른대. 폴 앵카도 노래를 바꾸어 부른다던데. 극성맞은 페미니스트의 불평에 하도 진절머리가 나서 "당신이 '우리' 아이를 가졌다네."[12]로 바꾸어 부른다고 말해 주었다.

"또 다른 얘기는?"하고 그녀가 말했다. "또 다른 건 없어?"

있지. 물론 있고말고.

내겐 그녀를 위해서라면 언제나 해줄 이야깃거리가 있었다.

"사람들이 침팬지에게 수화하는 법을 처음 가르쳤는데, 그 놈이 거짓말을 했다지 뭐야. 사람들이 침팬지에게 누가 책상 위에서 그런 짓을 했는지 물었더니, 그 놈이

---

11. Tammy Wynette는 "Stand by Your Man"을 부른 미국 가수.
12. Paul Anka는 "(You Are) Having My Baby"를 부른 미국 가수.

관리인의 이름을 댔다지 뭐야. 그런데 사람들이 계속 다그치니까, 미안하다면서, 사실은 프로젝트 감독이 그랬다고 했대. 어쨌든 그 침팬지에겐 자식이 있었고, 그래서 거짓말을 한 게 아닐까, 생각해.”

“좋은 이야기네.”라고 그녀가 말했다. “우화 같아.”

“침팬지에 관한 거라면 더 있는데.”라고 내가 말했다. “그렇지만 그런 이야기는 네 마음만 아프게 할 거야.”

“그럼, 됐어.”라고 그녀는 말하면서, 마스크 위를 긁적인다.

우리는 좋은 역할의 무법자 같다. 좋건 나쁘건 나는 아직도 마스크가 영 어색하다. 숨을 내쉬면 따뜻해지는 그 곳을 자꾸 만지게 된다. 숨을 쉴 수 있다는 건 하나님께 감사할 일이다. 그녀는 마스크를 쓰고 있는 것에 익숙해진 모양이다. 마스크의 위쪽 끈만 묶어 쓰고, 아래쪽 끈들은 이제 전문가가 다 된 듯이 느슨하게 풀어두고 있다.

우리는 이곳을 마커스 웰비 병원[13] 이라고 부른다. 그 드라마가 시작할 때, 그 배경으로 등장하는, 야자수가 늘어선 하얀 병원같이 생겨서다. 사실 이곳은 할리우드

---

13. “의사 마커스 웰비”는 미국 텔레비전 연속극.

에서 서쪽으로 몇 마일 떨어져 있긴 하지만, 이곳도 일종의 할리우드 병원이다. 카메라엔 안 잡히지만, 길 건너편엔 해변도 있으니까.

그녀는 간호사에게 나를 '가장 친한 친구'라고 소개한다. 나의 친구라고 집어서 말하지 않으니, 더 친한 사이 같다. 이런 식으로 말할 수 있다는 건, 간호사와 내 친구도 꽤 친한 사이라는 거다.

"저 간호사에게 우리 이야기를 해줬지. 마치 캐나다에 온 것처럼 캐나다 드라이 진저에일을 마시며 놀았다는 이야기."

"그때 우린 정말 바보 같았어."라고 내가 말한다.

"두 분은 마치 친자매 같아요."라고 간호사가 말한다.

이렇게 멋진 곳에 오는데 왜 이리 오래 걸렸는지 궁금해 하겠지. 그런데 그걸 물어볼까?

그들은 묻지 않는다.

두달이나 걸렸지만, 차로 오는데 얼마나 걸렸더라?

그 이유를 가장 잘 설명해주는 건 이런 이야기다. 시체 안치소에서 여름 한 철 일했던 친구가 있다. 그는 많은 이야기를 들려주었다. 그 중 정말 내 마음에 와 닿는 건 가장 무서운 이야기가 아니었다. 하지만 이 이야기가 마음에 와 닿았다. 어떤 사람이 101번 도로를 타고 남쪽으로 가다가 자동차 사고를 당했다. 그는 의식은 잃지 않았다. 그런데 그의 팔이 꺾여서 피가 흐르는 뼈가 드러나 있었고, 그걸 본 남자는 무서워서 죽었다고 했다.

정말로 그 남자는 그렇게 죽었다.

그래서 나는 감히 더 가까이 들여다 볼 수가 없었다. 하지만 지금 난 그렇게 하려 한다. 이 모든 걸 겪어내고 살아남기를 바라면서.

가벼운 여름 담요를 덮은 그녀가 몸을 뒤척이느라, 아무도 보고 싶어 하지 않을 다리 한 쪽이 드러난다. 그게 아니라도 그녀를 보고 있으면, 시체를 지킬 때에는 법에서 왜 2인 1조를 요구하는지 그걸 이해하게 된다.

"뭔가 생각해봤어." 그녀가 말한다. "간밤에 생각한 건데. 여기에 진짜 시급한 일들이 일어나게 될 거야. 네가 스스로 할 수 없을 때 누군가가 네 대신 해준다거나, 네가 필요로 할 때마다, 예를 들어, 상황이 급박하게 돌아갈 때, 그들을 불러들인다거나 하는 일들 말이야."

그녀는 침대 옆에 놓인 전화기를 집어들고 전화선을 목에다 칭칭 감는다.

"선이 이것 밖에 안되네."라고 그녀는 말한다.

그녀는 뭔가에 들뜬 것처럼 계속 그러고 있지만, 난 뭣 때문에 저러는지 알지 못한다.

"퀴블러 로스가 '부정' 다음에 뭐가 온다고 했는지 기억이 안나."[14]라고 그녀는 말한다.

내 생각으로는 그 다음은 '분노'여야 할 것 같다. 그리고 '타협,' '절망,' 뭐, 이런 식 아닐까. 하지만, 내 생각을 말하지는 않는다.

"한가지 문제가 있어. 하느님만 알고 있을지 모르지만 '부활'은 어됐냐는 거지. 난 말이야, 그 책에 쓰인대로 하고 싶어. 그런데 로스가 '부활'을 빠트린 것 같아."라고 그녀가 말한다.

그녀가 웃는다. 던져준 로프를 꼭 붙들고 계곡에 매달려 있는 사람처럼 나는 그 소리에 귀를 기울인다.

"수화를 배웠다던 그 침팬지 얘기 더 해줘."라고 그녀가 말한다. "실험이 끝난 뒤, 침팬지가 '다시는 동물원으로 돌아가고 싶지 않아.'라고 말하면, 사람들이 어떻게 할까?"

내가 아무 말도 하지 않자, 그녀는 "좋아, 그럼 다른 동물 얘기를 해줘. 난 동물 이야기가 좋아. 하지만 병든 동물 얘기는 빼고. 맹인 인도견이 눈이 멀게 된다는 따위의 이야기는 알고 싶지 않거든."이라고 말한다.

---

14. 퀴블러 로스는 환자들이 부정, 분노, 타협, 절망과 수용이라는 5단계를 거쳐 죽음을 받아들인다고 주장한다.

그래, 아픈 동물에 대해선 이야기하지 말아야겠다.

"청각 장애인을 돕는 개 얘기는 어때?"라고 내가 말한다. "얘들은 나이 들어도 귀가 먹지도 않고, 오히려 아주 엄해진대. 예를 들자면 말이야, 뉴저지에 사는 골든 리트리버 이야긴데. 그 집 애가 이불을 폭 뒤집어쓰고 손전등 빛으로 책을 읽고 있으면, 그 개가 자고 있는 귀머거리 엄마를 깨워서 아이의 방으로 끌고 간대."

"오, 죽여주는 걸."이라고 그녀가 말한다. "그래, 정말로 죽여주는 이야기야."

"사람들은 말을 잘 듣는 개가 똑똑한 개라고들 하지만, 진짜로 똑똑한 개는 언제 말을 듣지 말아야 할지 아는 개지."

"맞아."라고 그녀가 대답한다. "진짜로 똑똑한 것들은 언제 말을 들어야 할지 말아야 할지 알거든. 바로 지금처럼 말이야."

그녀는 방금 나타난 좋은 의사와 시시덕거린다. 아침 인사를 하기도 전에 링거부터 체크하는 나쁜 의사와 달리, 좋은 의사는 "하느님께선 간질병환자들에게 공정한 기회[15]를 주시지는 않으셨지요."라는 식으로 말을 건넨다. 그는 주차장에서 장애인을 칠 뻔하다가 용케 피하면 스스로 뿌듯해 한다. 그는 그녀에게 살짝 빠져 있기 때문에, 그녀에게 일년은 더 살 거라고 말한다. 그는 그녀의 침대 쪽으로 의자를 당기고는 나더러 해변에서 한 시간 정도 놀다 오라고 제안한다.

"돌아올 때 뭐든 가져와."라고 그녀가 말한다. "해변에서 가져오는 거라면 아무거나 괜찮아. 아니면 선물가게에 들러도 좋고. 취향은 네가 알아서 해."

그는 침대 주위로 커튼을 친다.

"잠깐만!"하고 그녀가 부른다.

난 그녀를 들여다본다.

"잡지 구독 신청 같은 건 빼고, 아무거나 다 좋아."라고 그녀가 말한다.

의사가 고개를 돌린다.

난 그녀의 입가에 웃음이 번지는 것을 본다.

위험해 보이는 것이 가끔은 그렇지 않기도 하다. 예를 들면 독 없는 검은 뱀이라든가, 맑은 하늘의 난기류 같은 것이 그렇다. 반면에 그냥 존재하고 있는 것들, 예를 들면, 이 해변 같은 것들에는 위험이 도사리고 있다. 땅에서 솟아오르는 황사, 하룻밤 사이 수박을 익히는 열기—이런 건 지진을 부르는 날씨다. 해변에 앉아서 수건

---

15. "공정한 기회"를 뜻하는 "a fair shake"는 간질병환자들의 발작을 내포하는 말장난.

에 달린 술을 비비 꼬고 있는데, 갑자기 모래사장이 마치 모래시계처럼 쑥 꺼져버릴 수도 있다. 대기가 윙윙거린다. 해안가 싸구려 아파트에서는, 욕조에 저절로 물이 가득 차고 정원이 마치 초록빛 파도마냥 너울거린다. 만약 아무 일도 일어나지 않는다면, 지진에 대한 두려움이 지진을 향한 욕망으로 바뀔 때까지 먼지는 떠다니고 열기는 깊어질 것이다. 이런 신경과민은 큰 재난이 일어나야만 사라지게 된다.

"어떤 일을 생각하고 있는 동안에는 그 일은 절대로 안 일어나."라는 말을 그녀가 한 적이 있었다. "지진, 지진, 지진."이라고 그녀가 말했다.

"지진, 지진, 지진,"이라고 내가 말했다.

비행기를 하늘 높이 떠있게 해 달라고 기도하는 비행공포증 환자처럼, 우리는 여진으로 천장에 금이 갈 때까지 그 말을 계속했다.

72년 큰 지진이 난 뒤였다. 우리는 대학에 다니고 있었고, 기숙사는 진앙에서 겨우 5마일 떨어져 있었다. 지진이 끝나고 빠르게 콩닥거리던 맥박이 잦아들 때쯤 그녀는 샴페인과 오렌지주스를 5대 1로 섞은 음료를 내놓으며, 캔자스 주의 바다가 보이는 곳으로 가자고 농담을 날렸다. 나는 심령술사들이 예언한 신세계가 다음번 지진이나 그 다음번 지진에 불쑥 솟아나면, 하와이까지 차로 데려다 주겠다고 받아쳤다.

이제 나는 그런 말을 할 수가 없다. 다음이라는 말.

어떤 다음? 이렇게 물을 것 같아서.

의사들이 "만일 If"이라는 말을 쓰지 않고 이제는 "할 때 When"라는 말을 쓴다는 걸 알아차린 이는 나 혼자뿐이었을까? 물론 그렇지 않을 거다. 두려워하는 사람들은 수천 명에 이를 거다. 우리는 대열을 벗어나는 알풍뎅이의 행렬을 보았다. 대열을 벗어난다는 것은 자연이 더 큰 폭력을 행사한다는 것을 의미할지도 모른다.

난 그녀가 나처럼 두려워하기를 바랐다. 하지만 그녀는 이렇게 말했다. "모르겠어. 그냥 무섭지가 않아."

그녀는 아무것도 두려워하지 않았다. 비행기를 타는 것조차도.

나는 안전벨트를 매고 비행기가 활주로로 이동해서 이륙하기 전에 항상 이런 꿈을 꾼다. 비행기가 시속 60킬로로 아주 천천히 이륙해서,[16] 하늘로 떠오르고 나무 꼭대기를 스치듯 날아간다. 그런데도 비행기가 제시간에 뉴욕에 도착한다.

이런 꿈은 참으로 유쾌하다.

어느 날 밤 나는 이런 식으로 모스크바까지 날아간

적도 있다.

한 번은 그녀와 내가 함께 비행기를 탄 적이 있었다.
함께 비행기를 탔을 때, 비행기의 날개가 요동을 치는
데도, 그녀는 마카다미아 너트를 먹고 있었다. 그녀는
비행기의 날개 끝이 위아래로 30피트가 휘더라도 떨어
져 나가지 않는다는 걸 알고 있고, 그 사실을 믿고 있다.
그녀는 항공공학의 법칙들을 신뢰하고 있으니까. 내 마
음은 발을 동동 구르고 있는데 말이다. 쇠는 물에 가라
앉는데 전함이 어떻게 물에 뜨는지, 나는 가까스로 그
사실을 인정하는 그런 사람이니까.

나는 이제 그녀 안의 공포를 보고 있다. 하지만 난 그
녀에게 말을 걸어 거기에서 벗어나게 하지는 않을 것이
다. 그녀가 두려워하는 게 옳으니까.

지진이 난 후, 6시 뉴스에 선생님의 지시에 따라 갈라
진 운동장에서 고함을 지르고 있는 1학년 학생들의 모
습이 화면으로 방송되고 있다.

"나쁜 지구!"라고 아이들이 소리를 지른다. 그들에겐
분노가 공포가 더 강하기 때문이다.

16. 한국항공우주연구원에 의하면, 보잉747의 이륙속력은 시속 320km이다.

하지만 오늘 해변에선 아무 일도 일어나지 않는다. 해변에 있는 사람들은 모두 차분하거나, 멍하거나, 잠들어 있다. 10대 소녀들이 서로 손이 닿지 않는 곳에 코코넛오일을 발라주고 있다. 그들에게서 마카롱 과자 냄새가 난다. 그들은 조개껍질처럼 생긴 콤팩트를 열어 들여다본다. 거울에 반사된 햇빛이 반질반질해진 어깨에 한 줄기 하얀 빛을 던져준다. 소녀들은 〈세븐틴〉[17]에서 보고 배운 대로 젖은 머리를 실크 꽃으로 단장한다. 그리고는 포즈를 취한다.

개조된 차를 모는 한 무리의 사람들이 길가에 차를 세우고는 6개들이 맥주를 마시며 해변을 내려다본다. 소녀들이 햇볕에 그을린 자신들의 몸을 힐끗거리자, 그들의 목소리는 커진다. 맥주가 떨어지자, 그들은 대로에서 자동차들을 부릉거리며 천천히 지나간다.

이 활기 넘치면서도 건강한 풍경 위로 홍학 같은 핑크색을 칠한 팜 로얄의 철제 테라스가 보인다. 침대 시트가 바뀔 때마다 그곳의 누군가가 죽어 나간다. 입구에 구급차가 한 대 서면, 남은 거주민들은 발코니에 줄지어, 안락의자에 앉아 몸을 흔들며 말 한마디 없다. 내가 이겼구나, 생각하는지도 모른다.

---

17. 미국 소녀용 잡지.

이들이 바라보는 바다는 사실 위험하다. 수면 아래로 흐르는 역류 때문만은 아니다. 유유히 순항하는 치사상어의 멋진 꼬리를 볼 수도 있다.

병실 창문에서 내다보기만 한다면, 그녀는 이 모든 것을, 아니면 일부라도 볼 수 있을텐데. 그녀는 일을 망치는 게 너무도 쉽다는 것을 어떤 누구보다도 잘 알았을텐데.

내가 병원에 다시 돌아갔더니, 병실에 침대가 하나 더 들어와 있었다.

나는 그 의미를 금방 알아차리지 못했다. 잠시 후 뚜껑이 열려 있는 관처럼 모든 것이 명백해졌다.

그녀가 나의 모든 시간을 원하고 있다는 생각이 들었다. 그녀가 원하는 건 나의 삶이었다.

"귀시가 금방 왔다갔는데."라고 그녀가 말했다.

귀시는 그녀의 부모님 집에서 일하는 하녀다. 그녀는 거의 140킬로나 나가는데다가, 수면발작증도 앓고 있다. 그녀는 다림질을 하다가도 갑자기 잠이 들곤 해서, 온 가족의 베갯잇에는 탄 자국이 있다.

"그녀로서는 아주 힘든 여행이었겠네."라고 내가 말했다. "귀시는 어떻게 지낸대?"

"글쎄, 오는 동안 잠이 들지는 않았다고 그러네, 네가 궁금한 게 그거라면 말이야. 귀시는 너무나 대단하단 말이야. 그녀가 뭐라고 그랬는지 알아? '아가씨, 걱정일랑 하지 말아요. 무릎을 꿇고 기도만 드리면 돼요.'라고 말했어. 침대에서 일어날 수도 없는 나한테 말이야."

그녀는 어깨를 으쓱해 보였다. "새로운 소식이라도 있어?"

"지진이 일어날 것 같은 날씨야."라고 내가 대답했다.

"지진에 대처할 수 있는 최선책은 캘리포니아에서 살지 않는 거야."라고 그녀가 말했다.

"말 되네."라고 내가 말했다. "아이크 목사님[18]이 '가난한 이들을 위해서 할 수 있는 가장 좋은 선행은 가난한 사람이 되지 않는 것입니다.'라고 했던 말씀, 그것처럼 들려."

우리는 아이크 목사를 무지 좋아했다.

나는 그녀의 얼굴이 부어있다는 것을 알아챘다.

"너도 알다시피. 끔찍한 기분이야. 이제는 재미있는 일은 없을 것만 같아."라고 그녀가 말했다.

"옛날 사람들이 하던 말이 있지."라고 내가 말했다. "늑대가 조용할 때도 있고 달이 울부짖는 때도 있는 법이라고."

---

18. Reverend Ike의 본명은 Frederick J. Eikerenkoetter II
(June 1, 1935 – July 28, 2009). 1970년대에 라디오 설교로 유명함.

"뭐라고, 혹시 나바호족 속담이야?"

"팜 로얄 로비의 낙서."라고 내가 말했다. "거기서 신문을 하나 샀는데, 네게 읽어주려고 말이야."

"난 아무것에도 관심이 없는데?"

나는 세상만사가 실린 쪽을 펼쳤다. "홍학이 새우를 더 많이 먹으면 먹을수록, 깃털이 더 진한 분홍빛이 된다는 거 알아?"라고 내가 말했다. "에스키모들도 냉장고가 필요하다는 걸 알고 있었어? 에스키모가 냉장고를 필요로 하는 이유가 뭔지 알아? 에스키모가 냉장고를 필요로 하는 이유는 음식이 얼지 않게 할 수 있는 다른 방법이 없기 때문이래."

3면에 실린, 멕시코 시티 발 UPI 통신 기사를 읽어주었다. 제목이 〈닭으로 은행을 턴 사나이〉였는데, 이 사람은 은행에서 한 블록 떨어진 가판대에서 바비큐 치킨을 샀다고 했다. 은행 앞을 지나는데, 갑자기 은행을 털 생각이 들어서 안으로 들어가 은행원에게 다가갔다고 했다. 그가 갈색 종이봉투로 은행원을 겨누었더니, 은행원은 그날 받은 돈들을 넘겨주었다고 했다. 그는 결국 체포되었는데, 그 단서가 된 것은 바로 바비큐 소스 냄새였다고 했다.

그 얘기를 들으니 배가 고파진다고 그녀가 말했다.

그래서 나는 승강기를 타고 6층 아래에 있는 카페테리아로 가서 그녀가 먹고 싶어 하는 아이스크림을 모두 사 가지고 돌아왔다. 우리는 나란히 누워서 텔레비전을 보기 위한 최적의 자세를 취할 수 있도록 침대를 위로 들어올렸다. 침대시트를 아이스크림 포장지로 어지럽히고, 볶은 아몬드맛 하드를 집어 먹었다. 우리는 루시와 에델[19]이었고, 극단적으로는 메리와 로다[20]였다. 화면에 빛이 비치지 않도록 블라인드는 내려져 있었다.

우리는 예전에 한 번 자고 싶다고 생각했던 남자들이 나오는 영화를 봤다. 내 남자는 칵테일바의 웨이트리스들을 따라 가서 강간하는 사악한 놈이었는데, 그녀의 남자는 내 남자를 제지하는 터프한 경찰관이었다.

"좋은 영화야." 그녀는 저격수들이 그 두 사람을 모두 쏘아 넘어뜨리자 그렇게 말했다.

나는 그때 이미 그녀를 그리워하고 있었다.

필리핀인 간호사가 살금살금 들어와서는 그녀에게 주사를 놓았다. 그 간호사는 작은 동물의 부목으로 쓸 수 있을 만큼 쌓인 하드의 막대기를 침대탁자에서 치웠다.

---

19. 1950년대에 유행한 미국 텔레비전 시트콤, <I Love Lucy>의 주인공과 그 친구.
20. 1970년부터 1977년까지 방송된 미국 텔레비전 시트콤, <Mary and Rhoda>의
   주인공들

그 주사는 우리 두 사람 모두에게 효과가 있었다. 우리는 잠이 들었다.

내 꿈에서 그녀는 우리 집을 꾸미는 장식가로 나왔다. 그녀는 혼잣말로 노래를 부르며, 혼자서 일을 했다. 일을 마치자, 그녀는 자랑스러워하며 나를 문 쪽으로 데리고 갔다. 편안하게 나를 안으로 안내하면서, "마음에 들어?"라고 물었다.

모든 들보와 문지방과 선반과 손잡이는 화사한 천으로 아름답게 꾸며져 있었고, 반짝거리는 거울 주위에는 파스텔톤의 크레이프천으로 만든 장식리본이 달려있었다.

"집에 가야겠어." 그녀가 깨어났을 때 내가 말했다.

내가 집이라고 말했을 때 그녀는 캐넌에 있는 그녀의 집에 간다고 생각하는 것 같아서, 난 그 집 말고, 내 집이라고 말해주어야만 했다. 사람들이 괴로울 때면 으레 그러듯이 나는 그때 손을 비틀고 있었다. 난 그녀에게 무언가를 제안해야만 했다. 가장 친한 친구로서 말이다. 그렇지만 난 다시 오겠다는 말을 도저히 할 수 없었다.

난 허약함과 왜소함과 좌절감을 느꼈다.

그렇지만 속으론 시원했다.

나의 무개차는 주차장에 세워져 있었다. 일단 병실에

서 나오면, 바닷게 냄새가 나는 바람을 맞으며 해안고속도로를 따라서 엄청나게 빨리 달려봐야겠다. 말리부에 잠깐 들러서 상그리아[21]도 한 잔 마셔야겠다. 그곳의 음악은 섹시하면서도 강렬하겠지. 파파야와 새우와 수박 화채도 있을 거야. 저녁을 먹고 난 뒤, 욕망에 들뜨고, 열정에 빠져, 그리고 살아있다는 희열을 느끼면서, 밤새워 놀아야겠다.

말 한 마디 없이, 그녀는 마스크를 홱 잡아당겨서는 바닥에 내던졌다. 담요를 차내고는 문 쪽으로 몸을 움직였다. 격리병실, 그리고 이어서 손을 씻고 흰 마스크를 써야 하는 두번째 병실 문을 쾅 닫고 나오기도 전에, 숨을 고르거나 몸의 균형을 잡으려고 잠시 멈춰야만 한다는 사실이 끔찍이도 싫었을 것이다.

누군가 깜짝 놀라서 그녀의 이름을 외쳤고, 복도를 따라 사람들이 뛰어왔다. 인터폰으로 좋은 의사가 호출되었다. 내가 문을 열자, 근무 중인 간호사들이 나를 째려보았다. 마치 이번 탈주가 내 아이디어라도 된다는 듯이.

"내 친구는 어디에 있죠?"라고 물었더니, 그들은 비품실 쪽을 가리켰다.

---

21. 적포도주에 얇게 썬 과일과 감미료를 넣어 만든 음료

나는 들여다보았다. 두 간호사들이 바닥에 드러누워 있는 그녀 옆에 무릎을 꿇고는 낮은 목소리로 이야기를 하고 있었다. 한 사람은 그녀의 코와 입에 마스크를 씌우고 있었고, 다른 한 사람은 그녀의 등을 천천히 쓰다듬어 주었다. 간호사들은 내가 의사인지 확인하려고 힐끗 쳐다보았다. 내가 의사가 아니라는 걸 알고는 그들은 하던 일을 계속했다.

"자, 자, 괜찮아요."라고 그들은 부드럽게 속삭였다.

그녀를 앨 졸슨[22]이 묻힌 묘지로 옮긴 날 오전에 나는 "비행공포증" 강좌에 등록했다. "제일 두려운 게 무엇인가요?"라고 강사가 물었을 때, "이 강좌를 다 들었는데도 여전히 두려워할까 봐, 그게 두려워요."라고 대답했다.

나는 침대 옆 탁자에 물을 한 잔 가져다 놓고 잠이 든다. 그 물이 수평인지 아닌지를 보면, 해변의 육지가 흔들리고 있는지 아니면 여전히 흔들리고 있는 게 나인지 알 수 있다.

내가 기억하고 있는 것은 무엇일까?

내가 주워들었던 쓸모없는 것들만 기억이 난다. 밥

---

22. 미국 가수이며 영화배우이며 코미디언(1886-1950)

딜런의 엄마가 와이트-아웃이라는 수정액을 발명했다는 것, 두 사람의 생일이 같을 가능성이 반반이려면 한 방에 최소한 23명이 있어야 한다는 것, 그런 것뿐이다. 그게 사실이든 아니든 누가 신경이나 쓸까? 내 머리 속에는 목욕 수건이 들어 있어서 이런 것들을 꽁꽁 감싸고 있다. 그래서 그 어떤 것도 결코 새어 나오지 못한다.

지금까지의 일들을 다시 이야기할 때 중요한 것들을 다시 되새겨 본다. 수술용 거즈 위에 했던 키스, 가발을 고쳐 쓰던 창백한 손. 이 몸짓들은 바로 그 일이 일어났을 때 보았던 것이다. 돌아봐서 떠오른 것이 아니다. 하지만 무엇인가를 볼 때보다 그걸 회상할 때 더 많은 것을 알 수 있게 되는 이유를 난 잘 알지 못한다.

내가 그날 밤을 함께 했다고 말을 할 수도 있을 것이다.

내가 그렇게 하지 않았다고 말할 수 있는 사람은 없을테니까.

수화를 배웠던 침팬지를 생각한다.

그 침팬지는 실험이 진행되는 동안 새끼를 갖게 되었다. 어느 누가 시키지도 않았는데, 어미 침팬지가 새로 태어난 새끼에게 수화를 하기 시작했을 때 사람들이 얼마나 전율을 느꼈을지 상상해본다.

아가야, 맘마 먹어야지.

아가야, 공놀이 하자.

그러다가 새끼가 죽자, 어미는 새끼를 내려다보며, 그 주름진 손을 우아하게 움직이며, 이제는 너무나 유창해져 버린 슬픔의 말들을 그려내고 또 그려낸다. 아가야, 이리 온. 아가야, 엄마가 안아줄게. 아가야, 이리 온.

제시카 울프슨을 위해

BEG, SL TOG, INC,
CONT, REP

시작하기,
한 코를 건너서 두 코를 함께 뜰 것,
코를 늘릴 것, 계속할 것, 반복할 것
BEG, SL TOG, INC, CONT, REP

모헤어[23] 실은 따끔거리고, 스트라이어 면 실은 너무 부피가 크지만, 홈스펀 트위드 실은 몸집이 작은 사람에게 딱이었다. 난 회색빛이 감도는 청색 털실을 샀다. 이 실에는 분홍색 점이 박혀서 색이 부드러웠다. 그리고 따뜻하면서도 가벼운 스웨터를 짜기 위해서 10호 바늘도 샀다. 내가 고른 패턴은 앞면에 3코 교차뜨기로 꽈배기 무늬를 넣을 수 있는 두 가지 색조를 띤 브이넥이었다. 풀오버는 머리카락을 헝클어뜨리긴 하지만, 나는 처음부터 단추 구멍을 만들고 싶지는 않았다.

나는 코 잡는 법을 뜨개질 책에서 배웠다. 시험 삼아

---

23. 앙골라 염소의 털

떠보면서, 나는 콧수를 계산하고 실의 팽팽한 정도를 가늠해 보았다. 내 손가락은 태어날 때부터 거미줄마냥 어려운 것도 짤 수 있었던 듯이, 겉뜨기와 안뜨기를 자연스럽게 익혔다. 바늘이 마치 물처럼 리드미컬하게 미끄러지듯이 움직였다.

뜨개질을 배우는 건 쉬운 일이었다. 엉킨 실을 풀고, 풀린 실을 엮어서 형체가 있고 온전한 무엇인가로 만드는 뜨개질 수선 작업은 신랑이 자신의 결혼식에 가다가 일단정지 표지를 들이받은 것처럼 당혹스러운 일이다. 왜냐하면 징후가 곧 실체를 의미하기 때문이다. 자신의 아이가 가버렸다는 것을 받아들일 수 없어서 자신의 빈손을 결코 오므리지 않으려는 여인은 어떻게 이해해야 할까?

"저기, 닥터 펩시 한 잔 갖다 줄래요? 그리고 에어컨도 켜주시고요."

나는 뜨개질을 멈추었다. 부엌에서 무설탕 음료를 찾아서, 얼음을 채워 데일 앤에게 갖다 주었다. 8월이었다. 나이아가라 침대의 버튼을 누르자, 에어컨에서 나오는 바람에 머리카락이 들썩였다. 지난달에 다이어먼드 박사는 그녀가 나이아가라 침대를 써야만 한다고 주장했다. 그녀는 또한 회전이 가능한 티브이 장식장과 진동

94

의자를 렌트해서 쓰고 있었다. 나이아가라 회사 제품이 움직이는 주택인 셈이다.

침대 각도가 맞추어지자, 그녀는 비타민 E를 짜서, 임신선[24]이 생길 곳에 그 기름을 발랐다.

나도 지금 저러고 있을 수도 있었을 텐데. 그렇지만 난 이미 수술을 받았다. 수술을 받은 것은 애 아빠가 확실하냐고 내게 물어본 뒤였다. 정말 칭찬하고 싶을 정도로 확신에 차서 말했다. 내가 임신인 건 알겠는데, 자기가 그런 건지 확실하지 않다고, 자기는 전에 어떤 누구도 임신시켜 본 적이 없다고 말했다. 월경이 늦어지게 만든 적조차 없었다고.

나는 산달이 다가오는 데일 앤을 도우러 그녀의 집에 이사왔다. 그녀의 남편은 자주 집을 비운다. 그는 대신 병원이나 연구소에 가 있다. 그는 인간의 의식을 공부한다. 그는 아직 박사가 아니지만, 우린 그를 격려하는 차원에서 그렇게 부른다.

실 한 타래를 집어 들어서는 이것을 공 모양으로 감았다. 그때 에어컨이 덜커덩 멈춰 섰다.

데일 앤은 한숨을 내쉬었다. "그냥 이 옷을 입은 채로 요리할게요. 두 번째 서랍에 꽃무늬 있는 윗도리를 가져

---

24. 임신 후 뱃가죽이 늘어난 자국

다줄래요?"

내가 윗도리를 찾는 동안, 데일 앤은 그녀의 머리카락을 꼬아서 쪽을 지었다. 그녀는 앞뒤로 뾰족한 6인치짜리 뜨개바늘로 그녀의 머리카락을 엮어서 위로 올려 붙였다. 머리카락이 얼굴을 덮지 않은 그녀는 건강하고 매우 젊어 보였다. "섹스는 하지 않더라도, 함께 캠핑을 가고 싶은 최고로 멋진 사람" 그녀라면 자신을 이렇게 표현했을 거다.

데일 앤이 옷을 갈아입는 동안 나는 뒤돌아섰다. 그녀는 나만큼이나 조신했다. 만일 어느 날 밤에 집에 불이 나면, 우리는 둘 다 잠옷 가운 아래 브래지어의 후크를 채우려다가 죽을지도 모른다.

난 내 의자로 되돌아갔다. 그러는 도중에, 온 몸에 엄청난 경련이 일어나서, 거의 바닥에 구를 지경이 되었다.

"진정해요. 무슨 일이에요?" 데일 앤은 침대에서 벌떡 일어나서 나를 돌보러왔다.

수술을 받은 뒤에 이런 일이 종종 일어난다고 말했고, 데일 앤은 "적어도 10년 동안은 그 일에 대해선 말하지 말자."고 말했다.

난 무어라고 말해야 할지 아무런 생각이 나지 않았다. 그렇지만 아무 말도 할 필요가 없었다. 평상시에 그랬던 것보다 더 일찍, 현관문이 열려서다. 다이아몬드 박사였다. 그는 유령과 망령과 정신병원과 심령술에 쓰이는 점판의 세계로부터 집으로 돌아온 것이다. 다른 사람에 대한 배려가 없는 것은 정신병의 징표라는 걸 난 잘 알고 있었다. 그래서 나는 몸을 단정히 하고, 그가 임신한 아내에게 키스를 하고나서, "다이아먼드 박사님, 더우신가 보네요. 마실 것 좀 드릴까요?"라고 말했다.

난 내가 필요로 하는 물품을 동네 상가에서 산다. 가게 주인의 이름은 잉그리드이다. 바늘을 "크니들(knee-dle)"이라고 부르는 그녀는 노르웨이 출신으로 몸집이 크다. 그녀는 수업에서 보여주려고 만든 샘플 니트를 입고 있다. 전에 입었던 조끼는 곧 쇼 윈도우에 걸릴 것이다.

잉그리드의 둥근 떡갈나무 탁자에는 네댓 명의 여성이 항상 앉아서, 혼자서는 감히 엄두도 낼 수 없는 것을 뜨고 있다.

아무 것도 필요하지 않을 때에도 종종 그곳에 간다. 패턴 책이 높게 쌓인 작은 뒷방에서 몇 시간이고 패턴 책을 살펴볼 수 있다. 나는 음악 용어처럼 축약된 지시어를 자세히 살펴본다. *K10, sl 1, K2, tog, psso, sl 1, K10 끝까지.* 이 지시어들로 노래를 부를 수 있다는 느낌이 든다. 이는 약호로 축약된 언어이다. 그것을 풀어낼 수 있는 능력이 있으면, 잉그리드와 둥근 떡갈나무 탁자에 앉은 여성들이 공유하는 비밀을 엿볼 수 있을 것이다.

잉그리드는 다른 방에서 자신이 한 때는 1분에 200코도 뜰 수 있었다고 손님에게 이야기하고 있다.

프랑스어와 영어로 된 카탈로그를 자세히 살펴보면서, 코트의 길이가 더 길어졌다는 것을 알게 되었다. 올 때마다 나는 질리지 않고 새로운 것에 빠져들게 된다.

"메리에게는 새끼양이 있어요" 라는 노래를 낮게 부르며, 가게를 나온다. *"양의 발은, 아니, 양털은 울처럼 하얗지요."*

데일 앤이 낮잠을 자고 싶어 해서, 다이아먼드 박사와 난 마거리타[25]를 한 잔 하러 나왔다. 라 론달라 식당에서는 성모마리아를 비추는 채색 조명 때문에 매일 매일 크리스마스 같은 분위기가 난다. 음식은 납작한 원형 접시에 나오고, 마리아치[26]가 바를 가득 채운다. 과달라하라[27]에는 교실을 가득 채울 만큼 많은 마리아치를 배출하는 마리아치 대학이 있다고 다이아먼드 박사는 말했다. 그렇지만 내가 말할 수 있는 건 여기 이 사람들은 마리아치 고등학교조차 나오지 않았다는 것이다.

---

25. 테킬라를 바탕으로 만든 칵테일
26. 멕시코의 떠돌이 악사[악단]
27. 멕시코 중서부 할리스코 주에 있는 도시

난 세레나데를 부르는 사람들을 쫓아 보냈지만, 그들이 선의로 그랬을 거라고 다이어먼드 박사는 말했다.

다이아먼드 박사는 선의를 가진 사람들을 좋아하는 모양이다. 그런 점에서 그는 선의를 가진 사람들이 모인 클럽의 대표가 될 만했다. 프로이트가 죽은 날 자신이 태어났다는 걸 알고 난 뒤로부터 그는 운명에 대해서 약간은 들뜬 기분을 갖게 되었다고 했다.

그는 같이 이야기하기에 딱 좋은 사람이었다. 그래서 아무리 생각해보아도 원인을 전혀 알 수 없는 위장의 통증에 대한 이야기를 꺼냈다.

"제가 어떻게 생각하는지 알고 계실 텐데요. 당신이 받아들일 수 없는 일이 뭔가요?"라고 그가 물었다.

난 그가 뭘 묻는지 알아차렸다.

"데일 앤이 아이를 낳을 때, 당신이 어떤 기분이 들지 생각해본 적이 있나요?"라고 그가 물었다.

나는 눈으로 식당에 있는 성모 마리아상에 금실과 은실을 엮어 장식했다. 이게 뜨개질의 좋은 점이라고 생각했다. 세상의 모든 게 다 실이고, 세상 모든 게 다 재료라고.

"그렇게 되면, 인연을 끊어버릴 거라고 생각했었어요."라고 난 말했다. 그가 그것에 대해 아무 말도 하지 않자, "자기 아이들을 지킨 엄마도 있다고, 그렇게 생각하지 않을까 싶어요." 라고 난 말했다.

"자기 아이들 중의 하나가 더 정확한 표현이겠죠."라
고 다이아먼드 박사가 말했다.

내가 털실 가게에 도착하자, 잉그리드가 가게 문을
막 열고 있었다. 페어 아일 패턴[28]의 스웨터를 짜기 위해
셰틀랜드 양모[29]를 사러 온 길이었다. 고대 스코틀랜드
의 상징과 섬세한 무늬의 띠가 교차로 나타나는 패턴보
다 내 온 정신을 빼앗을 수 있는 건 없다고 느꼈다. 다양
한 색깔을 띤 실로 뜬 한 코, 한 코가 그 위나 그 아래, 그
리고 양 옆의 것과 서로 연결되어 있다.

내가 고른 색깔은 셰틀랜드 양이 원래 갖고 있는 색
깔이었다. 무어릿 양[30]의 흰색이 감도는 갈색, 검은 양의
거무스름한 갈색, 엷은 황갈색, 회색, 무어릿 양과 흰 양
의 교배로 생긴 분홍빛 베이지색. 내가 털실을 코 가까이
대었더니, 페어 아일 섬 여자들이 털실에 생선 기름을 입
히지 않은지 50년이나 되었다고 잉그리드가 말했다.

그 털실은 페어 아일 섬의 가장 좋은 목초지인 양 바
위(Sheep Rock)에서 난 거라고 잉글리드가 말해주었

---

28. 페어 아일 패턴은 여러 가지의 색깔을 이용하여 만들어낸 다양하고 독특한 뜨개질 패턴임.
29. 셰틀랜드 섬은 스코틀랜드 그레이트브리튼 섬 북쪽에 있는 여러 섬의 하나로서,
    양털은 이 섬의 특산품임. 페어 아일은 셰틀랜드 군도의 하나임.
30. 셰틀랜드 섬에서 자라는 양의 하나(붉은색이 감도는 갈색)

다. 양 바위는 120미터나 되는 절벽 위에 펼쳐진 만평에 이르는 땅인데, "한 남자가 양털을 깎으러 그 곳으로 가는 걸 한 번 그려 보세요."라고 그녀가 말했다.

이 털실과 그걸 만드는 강한 스코틀랜드인에 대하여 모종의 의무감이 느껴졌다. 그곳에는 유산이 남아있고, 나는 내 손으로 그 유산이 살아 숨쉬게 해줄 수 있을 것이다.

데일 앤은 백화채[31]를 날 소고기 덩어리 속에 넣기도 했고, 일부는 토스트 위에 바르기도 했다. 보는 것만으로도 역겨웠다. 그녀가 맛 좀 보라고 했고, 난 단칼에 거절했다. 자니 카슨[32]도 그런 음식을 가까이 하지 않을 거라고 그녀에게 말했다. "자니는 스테이크 타르타르[33]를 결코 먹지 않는다고 했어요. 그걸 먹으면 일들이 나아지기는커녕 더 나빠지기만 한다는 걸 알게 되었기 때문이라나요."라고 난 말했다.

"자니는 한 번도 임신해본 적이 없잖아요."라고 데일 앤은 말했다.

---

31. 지중해 지방 원산의 가시 많은 관목으로, 그 꽃봉오리는 식초에 절여 조미료로 사용.
32. 본명은 John William Carson(1925년 10월 23일 ~ 2005년 1월 23일). 그는 1962년부터 1992년까지 30년 동안 The Tonight Show Starring Johnny Carson의 호스트를 맡았음.
33. 쇠고기에 올리브유, 소금, 후추로 간을 하고 양파, 마늘, 백화채 등의 양념과 계란 노른자를 곁들인 요리로서, 그 내용물을 섞어 먹음.

진통이 시작되자, 나는 병원과 다이아먼드 박사의 연구실에 연락을 했다. 그리고 에어컨을 끄고 택시 회사에 전화했다.

"어쩜, 이리 침착할 수 있어요?"라고 데일 앤이 물었다.

어쩔 수가 없다고 난 말했다. 당혹스러울수록, 나는 더 이성적이 된다.

택시가 곧 도착했다.

"조금만 참으세요."라고 운전기사가 말했다. "난 이쪽 길에 덜컹거리는 지점을 모두 알고 있어요. 그러니 하나도 덜컹거리지 않게 갈 수 있어요."

데일 앤은 내 손목을 꽉 부여잡으려 했으나, 마치 물에 젖은, 투명한 실크처럼 무게가 느껴지지 않았다.

"이 일이 다 끝나고 나면…" 데일 앤은 말했다.

아이가 태어났을 때, 나는 이사를 멀리 가지 않았다. 마을 다른 편에 세를 얻었다. 난 그곳을 여러 가지 패턴과 바늘과 털실로 채웠다. 그게 하루 종일 한 일이었다. 일이 잘 되는 날이면, 앞면과 소매 두 쪽을 뜨기도 했다. 일이 잘 안 되는 날에는 목부터 옷단까지 실을 풀었다. 변화를 주기 위해서, 양말을 뜨기도 했다. 내가 뜬 것 중에서 최고의 것은 옆구리 쪽에 맥주잔 문양을 넣은 것으로, 맥주

잔 위로 흘러내리는 흰 거품은 앙고라 털로 떴다.

난 방에서 무슨 소리라도 나면 일하기 싫었다. 심지어 선풍기 돌아가는 소리까지도 싫었다. 음악 소리도 일하는 속도를 늦추었다. 해야 할 일이 너무도 많았는데 말이다. 우편함과 자동차, 심지어는 개 한 마리와 같이 산책하는 사람도 직접 다 뜨겠다는 계획을 세웠다.

뜨개질이 끝난 것은 옷단을 마무리하고 접어서 서랍에 넣었다.

다이어먼드 박사는 내게 운동하라고 권했다. 그는 이따금씩 전화를 했고, 들여다보기도 했다. 그는 운동을 해야만 내가 좋아질 거라고 말했다. 그리고 운동하는 재미를 들여보라고도 했다. 예를 들어, 탭 댄싱 강습을 들어보면 어떻겠냐고도 했다.

강습생 모두가 탭 댄싱을 잘 하는 데, 나만 못하면 그건 너무 창피하지 않겠냐고 그에게 말했다. 그리고 뜨개질 때문에, 춤 배울 시간이 없다고 말했다.

데일 앤은 나를 찾아오지 않았다. 그녀에겐 그렇게 하지 않는 상당히 합당한 이유가 있었다.

그녀를 만나러 병원에 가던 날, 나는 먼저 육아실을 들렀다. 얼굴을 아래로 하고 누워있는 아기를 보았다. 아이는 노란색 오리가 그려진 플라넬을 입고 있었다. 거

103

기에 아이가 누워있는 걸 보았다. 그래서 나는 곧바로 집으로 돌아왔다.

그날 밤 꿈을 꾸기 시작했다. 커다란 도마뱀이 사람들을 발쪽부터 먹어치우기 시작했다. 마름모꼴 무늬가 새겨진 양말도 한 입에 삼켜 버리고는 잊힌 죽음의 수호자처럼 어둠 속으로 사라져갔다. 잠에서 깨어나도 꿈이 너무 생생했고, 나는 카멜레온처럼 온갖 색조의 죄의식으로 고통스러웠다.

밤에 잠이 들면, 나는 멋진 무도회에 갔다. 무도회장 한 가운데에는 커다란 수족관이 있었다. 그 안에는 수백 마리의 금붕어가 헤엄치고 있었다. 악단장의 신호에, 수조가 뒤집혔다. 누군가 물고기 위에서 춤을 추려고 할 때까지, 무도회장은 금빛 영광으로 소용돌이쳤다.

다이어먼드 박사는 친구의 어린 딸 이야기를 해주었다. 그 어린 소녀는 마당에서 개구리를 한 마리 찾아냈다. 그런데 그 개구리가 죽은 것 같아서, 아이의 부모는 아이에게 개구리를 묻을 장소를 만들라고 했다. 작은 구멍을 파고 조약돌로 그 주변을 둥글게 쌓았다. 개구리를 묻으려는 순간, 기절했던 개구리가 다리로 박차고 튀어나왔다.

그러자 소녀는 "저거 죽여!"라고 소리를 질러댔다고 했다.

공원에서 산책을 하기 시작했다. 공원에서 어떤 개가 자신의 그림자를 먹어 치우려고 애쓰는 것을 보았다. 그리고 또 다른 개가—다른 개라고 확신한다.—느릅나무 숲을 양치기 개처럼 지키고 있는 것도 보았다. 나는 사람들에게 당신의 개가 매우 멋지다고 말하는 걸 그만두었다. "그럼 가져갈래요?"라는 말을 너무도 많이 들었기 때문이었다.

날씨가 더 좋아지자, 나는 여러 시간 동안 집에서 꼼짝 않고 앉아 있었다.

나는 사고를 여러 번 당했었다. 그리곤 더 큰 사고들을 당했었다. 그렇지만 여전히 아픈 곳은 다쳤던 곳이 아니다.

꿈들이 자꾸 반복되어서 당연한 것처럼 되었다가 다시 그 꿈을 꾸었다. 산 속 호수에서 그러하듯이, 나는 일들이 그저 눈에 띄지 않기만을 바랐다. 내가 알고 있는 어느 호수의 물은 너무도 차가워 가스가 만들어지지 않기 때문에 시체가 수면으로 떠오르지 않는다. 호수 바닥에 대해서는 굳이 생각하고 싶지 않겠지만, 이제, 그 바닥에 대해 당신이 말할 수 있는 건 시신들이 거기 머물러 있다는 거다.

그 무렵 나는 다이어먼드 박사와 이야기를 나누었다.

그가 말하고자 하는 핵심은 이런 거였다. 임신은 달리는 차들 앞에서 걷는 것과는 다르다는 것이었다. 아무리 시기가 안 좋더라도, 임신을 했다는 건 삶을 긍정한다는 뜻이라고 그는 말했다.

"내가 지금 하는 말을 믿어야 해요."라고 그는 말했다.

"이게 사실이란 것을 아시겠어요? 당신에 관해서도 그렇다는 것을 아시겠지요?"

"그렇기도 하고 그렇지 않기도 해요."라고 난 대답했다.

"당신은 그렇게 해야 하고 또 그렇게 해야만 해요."라고 그가 말했다.

그 때 뉴스에 나왔던 또 다른 의사 이야기가 떠올랐다. 지진아였던 나이 어린 소년이 아버지의 총을 찾아냈을 때, 가족들은 모두 잠을 자고 있었다. 그는 침대에 누워있던 식구들을 모두 쐈다. 경찰이 그에게 무슨 짓을 했는지 물었다. 그런데 아이는 입을 다물었다. 그는 그들에게 아무 이야기도 하지 않았다. 그래서 그들은 의사의 도움을 청했다.

"네가 그런 짓을 하지 않았다는 걸 우린 알고 있단다." 의사는 꼬마에게 말했다. "그러니 말해주겠니, 총이 그렇게 했지, 그렇지?"

그러자, 맞아요, 꼬마는 총이 어떤 짓을 했는지 신나

게 말하기 시작했다.

나도 아이처럼 털어놓고 싶었지만, 다이아먼드 박사는 내가 그렇게 하는 걸 막았을 것이다.

"다이아먼드 박사님, 저는 포기할래요."라고 난 말했다.

"이제 당신은 새로 시작할 준비가 되었네요."라고 그는 말했다.

나는 안데스 산맥에서 만들어지는 알파카 털실을 생각했다. 왜냐하면 다음에 작업하기로 작정한 것이 바로 그것이었기 때문이다. 알파카의 털실을 만질 때의 느낌만 경이로운 것이 아니다. 그 털실의 명칭도 또한 놀랍다. 알파퀴타 수퍼피나라는 이름.

다이어먼드 박사가 옳았다.

난 시작할 준비가 되었다.

Beg, sl tog, inc, cont. rep.

시작하기, 한 코를 건너서 두 코를 함께 뜰 것, 코를 늘릴 것, 계속할 것, 반복할 것.

다이어먼드 박사가 문을 열어주었다. 그는 데일 앤이 가게에 갔다고 말했다. 그도 또한 동부에서 열리는 컨퍼런스에 가기 위해서 비행기를 타려고 지금 막 나가려는 중이었다. 아이는 자고 있으니, 맘 편히 있어도 좋다고 그가 말했다.

난 뜨개질 가방을 현관에 내려놓고는 데일 앤의 부엌으로 갔다. 일 년 만이었다. 난 아이를 들여다볼 수도 있었다. 그 대신 개수통에 담긴 그릇을 닦았다. 수세미는 뜨개질 바늘이 엮어주길 기다리는 철로 된 양모였다.

부엌에는 특수한 조리기구들이 가득했다. 데일 앤이 잠 못 이룰 때 보던 TV에서 광고하던 물건들이었다. 그녀는 토마토의 심을 제거하는 기구도 갖고 있었다. 이름은 토마토 샤크. 그리고 그녀는 스파게티의 양을 재는 데 쓰는 바퀴 모양의 금속 기구도 갖고 있었다. 그녀는 멜론을 둥글게 뜨는 데 쓰는 플라스틱 주걱과 보통 케이크를 레이디핑거[34]로 만들 수 있는 조리도구도 갖고 있었다.

냉장고 안에 파스타 프리마베라[35]가 있었다. 내 손가락은 차가운 링귀니를 뜨개질해서, 기름에 볶은 빨간 고추와 완두콩 위에 기다란 파스타를 꽈배기 모양으로 가지런히 깔고 싶어 했다.

데일 앤이 문을 열었다.

"아니, 이게 누구야?"라고 그녀는 말하면서, 식탁 위에 쇼핑백을 올려놓았다.

---

34. 손가락 모양으로 만든 스펀지 비스킷.
35. 신선한 채소를 곁들여 만든 파스타 요리.

그녀가 아이스크림, 감자, 감자칩, 탄산음료와 케이크를 꺼내는 것을 지켜보았다.

"정말 오랜만에 시장에 가서 사고 싶은 걸 사왔네요." 라고 그녀는 말했다.

그녀는 내게 담배 한 갑을 던져주었다.

그녀는 "침실에 가서 기다려줄래요. 웨스트 사이드 스토리가 방영 중이에요."라고 말했다.

난 침실로 가서 컬러텔레비전을 보았다. 부엌에서 얼음을 가는 믹서기 소리가 들렸다. 난 색상을 조절했다. 그때 데일 앤이 내게 큰 잔에 담긴 복숭아 맛 다이커리[36]를 건넸다. 이 몹쓸 것으로 인해 기분이 확 바뀌었다.

데일 앤은 조리된 닭을 가져오느라 오랫동안 방을 비웠다. 그녀는 봉투를 뒤집어서 접시 위에 쏟고는 다리와 날개를 골라냈다.

"전 봉지 안에 든 식사도 좋아하고 저 상자 안에 든 내 삶도 좋아하죠."라고 말하면서, 그녀는 고개를 돌려 TV를 가리켰다.

우린 영화의 마지막 부분과 다리를 저는 형사가 나오는 프로그램도 일부 보았다. 그 프로그램은 닐슨[37] 덕분에 4점이나 받았다고 데일 앤은 말하면서, 〈티브이 가이드〉

---

36. 럼에 레몬 또는 라임 과즙 따위를 혼합한 칵테일.
37. 미국 텔레비전 시청률을 측정하여 발표하는 회사.

책을 집어 들었다.

"11시 반에 〈텍사스 휘플래시 학살〉을 하는데, '예기치 못한 정지 신호가 그들의 무기였다.'라고 써 있네요."라고 그녀가 말했다.

"그 책 좀 볼 수 있을까요?"라고 내가 말했다.

혜성이 올 거라고 데일 앤은 말했다. 거실에서는 아마도 혜성을 볼 수 있을 거라고 그녀가 말했다. 확실히 볼 수 있도록 우리는 소파를 창가로 바짝 밀어붙였다. 불을 꺼서, 다른 것들은 우리를 보지 못하지만, 우리는 다른 모든 걸 볼 수 있게 했다. 우린 담배를 끊은 지 꽤 되었지만, 소파 양쪽 끝에서 담배를 피웠다.

"내 자리에 앉지 말아요."라고 데일 앤은 말했다.

그녀는 두 팔에 아이를 안고 다시 돌아왔다. 난 잠든 아이를 보면서 '이런, 어쩜 이렇게 예쁠 수가'라고 생각했다. 마치 50살은 된 것 같았다. 바로 그 순간 나는 내가 갖고 있는 것은 그 어떤 것도 원치 않고, 내게 없는 모든 것을 원하고 있었다.

"오늘 얘가 처음으로 농담을 했어요."라고 데일 앤이 말했다.

"얘가 농담을 하다니요?"라고 나는 말했다. "아직 말을 제대로 하지 못할 텐데요."

"맞아요. 진짜 농담을 한 건 아니고요. 얘가 오렌지 주스를 자기 머리 위에 붓더라고요. 그래서 깜짝 놀라서 아이에게 다가갔더니, '비 온다'라고 말했어요.

"'비 온다'라고요? 정말 그렇게 말했어요? 천재네요."라고 나는 데일 앤에게 말했다. "아트 링크레터[38]가 얘를 출연시켜 줄 수 있을까요?"

데일 앤은 아이를 소파의 한 가운데에 뉘였다. 우린 아이를 보거나 하늘을 보았다.

"속았어요."라고 데일 앤은 새벽녘에 말했다.

혜성은 오지 않았다. 그렇지만 나는 속았다고 생각하지 않았고, 피곤하지도 않았다. 그녀가 나를 문까지 바래다주었다.

뜨개질 가방이 현관에 그대로 놓여 있었다.

"아이에게 줄 스웨터를 하나 떴어요. 나중에 열어보세요."라고 말했다.

그렇지만 데일 앤은 그 자리에서 보고 싶어 했다.

파란색은 아이의 눈에 어울리고, 황색은 머리카락에 어울린다고 그녀가 말했다. 그리고 빨간색은 아이를 빛나게 만들 거라고 말하면서, 곧 "아니, 더 있네요!"라고

---

38. 본명은 Arthur Gordon Linkletter(July 17, 1912 - May 26, 2010)로서,
    <House Party>와 <Kids Say the Darndest Things>라는 프로그램을 진행한 방송인.

그녀가 말했다.

꽈배기 패턴은 이제 너무 쉬워졌다. 그림을 짜 넣은 세 개의 스웨터가 더 있었다. 이것들은 앞면에 단추를 채우는 것이었다. 데일 앤은 노란 오리들이 일렬로 늘어선 스웨터를 들어올렸다.

페어 아일 패턴으로 짠 것들도 있다. 생명의 나무 패턴으로 짜기도 하고, 하트 모양 패턴으로 짜기도 했다.

스웨터를 많이 짠 건 일종의 예방 조치, 재난을 피하기 위한 예행연습이었다.

데일 앤은 가방에 스웨터가 아직도 두 개나 더 들어있다는 것을 알고는, 내게 "정말 괜찮은 거 맞아요?"라고 물었다.

가장 힘들었던 일은 이제 지나갔다. 그렇지만 지금 내가 기쁘다고 말할 수는 없다. 네가 떠나버려 특별한 뭔가를 잃었다는 상실감을 떨쳐내야 한다. 그렇지만 몸은 건강을 찾아가고 있었다. 정신도 또한 차근차근 단계를 밟아갔다. 한 번에 한 걸음씩. 아이를 막 잃은 어머니에게 아이가 몇 명인지 물어보면 "넷이요, 아니, 셋이요"라고 말할 것이다. 그렇지만 세월이 흐른 뒤에는, "셋이요, 아니 넷이요."라고 말하게 된다.

아주 사소한 일들을 겪으며 조금씩 나아지고 있다.

날씨, 아침식사, 신호등에 길 건너기. 때로는, 욕조 선반 위에서 젖은 양모를 핀으로 고정시켜 말리고 있다는 사실을 안다는 것이 잠들면서 내가 품는 기쁨의 전부이다.

데일 앤은 자기도 뜨개질을 배우고 싶다고 한다. 그녀는 아이의 침대를 재고, 나는 그녀를 잉그리드의 가게로 데려간다. 세탁기로도 세탁할 수 있는 베이비 파스텔 털실이 있긴 했지만, 잉그리드는 데일 앤에게 다른 털실을 보여준다. 순모를 사용할 것, 성인 취향의 색깔을 사용할 것. 당신의 작품을 절대 자랑하지 말 것. 그랬다가는 이웃들에게 줄 것만 계속 뜨게 될 거라고 잉그리드가 말해준다.

페어 아일 섬에는 뜨개질하는 여인이 다섯 명 밖에 남지 않았다. 그 섬에는 이들이 짠 털실을 염색할 이끼들이 별로 남지 않았기 때문이다. 그렇지만 어떤 방직 기계도 이들의 디자인을 흉내 낼 수 없어서, 이 여인들은 물들이지 않은 양털로 계속해서 일을 하고 있다고 한다.

난 패턴 책이 가득한 방에서 데일 앤을 기다리고 있다. 이 책들에 실린 노래는 내게 자장가와 같다.

K tog rem st. 나머지 코를 모아 겉뜨기.

느슨하게 마무리하기.

Going

가기

Going

오늘 아침 통보된 병원 메뉴에는 오타가 있었다. 오늘 저녁엔 포트 로스트가 버터로 맛을 낸 국수와 함께 제공된다는(served) 의미였을 것으로 생각된다. 그런데 아침 식사 쟁반에는 포트 로스트는 버터로 맛을 낸 국수로 절단될(severed) 것이라고 쓰여 있었다.

이런 말은 시속 60마일로 달리던 차가 두 번이나 뒤집혀서, 도랑에 옆으로 처박힌 사고를 당한 다음에 보고 싶은 말은 결코 아니다.

블러드 앨리[39]나 하스피탈 커브[40]라고 불리는 쭉 뻗은 고속도로 위에서 빙글빙글 돌다가 튕겨나간 것도 아니

---

39. 캘리포니아 37번 주도로로 사망사고가 많이 일어나 붙은 별명.
40. 샌프란시스코의 101번 고속도로.

었다. 평평하고 젖어 있지도 않은 도로 위에서 차를 제어하지 못했다. 다른 차는 한 대도 보이지 않는 곳에서 말이다. 그렇게 된 이유는 다음과 같다. 나는 사막에서 쌍안경으로 보면서 운전하는 걸 좋아한다. 내가 그렇게 하는 걸 좋아하는 이유는 사물들이 동시에 두 가지 방식으로 존재하기 때문이다. 나는 한 곳에 있지만 사물들은 저 멀리 있으면서도 동시에 여기 가까이에도 있는 것이다.

사물들은 도랑에서도 동시에 두 가지 방식으로 존재했다. 대기는 믿을 수 없을 만큼 뜨거웠고 내 피부는 믿을 수 없을 만큼 차가웠다.

"젊은이, 그러고도 살아있다니, 믿을 수 없군."이라고 의사가 말했다.

그 충격으로 내 머리에서 이틀이 사라져 버렸지만, 눈에 띄는 상처라곤 턱에 입은 상처뿐이다. 차는 박살이 나고, 나는 20바늘이나 꿰맸다. 그 덕에 면도도 못한다.

그 정도로 끝나서 정말 다행이다. 이 병원이란 곳, 이 진료소란 곳은 〈희망의 도시〉[41]같은 병원은 결코 아니다. 이곳에선 치료도구를 응급상자에서 꺼내는 대신에, 연장통에서 꺼낸다. 여긴 사막 한 가운데. 이 병실의 벽은 장밋빛 베이지색 또는 위생처리시설물의 녹색이

---

41. 미국 캘리포니아주에 있는 자선병원.

아니다. 가장자리부터 허옇게 변하기 시작한 오래된 초콜릿 빛이다.

그리고 썩는 냄새도 난다.

물론 내가 냄새를 잘못 맡을 수도 있긴 하다.

냄새로 인한 환각, 환취는 타고난 것이다. 부모님의 집이 몽땅 타버렸을 때, 세 개 주나 떨어져 있었는데도 나는 연기 냄새를 맡았다.

지금은 썩는 냄새를 맡고 있다.

머리를 심하게 부딪쳤기 때문에 의사는 계속 나를 지켜보기를 원한다. 그래서 나는 학교를 며칠 빠져야 한다. 그건 괜찮다. 어떤 누가 하는 일이라도 99퍼센트는 사실 연기될 수 있다고 나는 믿고 있으니까. 어쨌든 이 사고는 교훈을 주는 경험이었다.

알아요? 고통이 가르쳐준다는 말.

거기서 간호사가 해준 말이다. 내 침대 위로 몸을 숙여서는 내 머리카락 사이에서 유리 조각들을 끄집어냈다. 그녀는 "이 일로 뭘 배웠죠?"라고 물었다.

그건 마치, 깨달음에 대해서 그리고 평범한 일상에서 어떻게 커다란 뭔가를 깨달을 수 있는지에 대해서 선생님이 말씀하시는 학교 수업 시간과 같았다. 선생님이 들어주신 예는 예전에 오렌지주스를 마시는 동안, 자신이 언젠가는 죽을 것이라는 것을 깨달았다는 것이었다. 그

거짓말쟁이는 그런 일이 정말로 일어났었다고 말했었다. 그는 자신의 학생들이었던 우리들도 그런 비슷한 "깨달음"을 경험했었는지 궁금해 했다.

농담하는 거지? 난 그렇게 생각했다.

예전에 급료지불수표를 현찰로 바꾼 적이 있었는데, 그 때 내가 깨달은 것이라고는 그것으로는 충분하지 않다는 것뿐이었다.

예전에 식중독에 걸린 적이 있었는데, 그 때 내가 깨달은 것이라고는 내가 몸 안에 갇혀 있다는 것뿐이었다.

지금 내가 흥미를 느끼고 있는 것은 기억이라는 녀석이다. 왜 이틀이지? 왜 이틀이냐고? 내가 마지막으로 기억하고 있는 일은 보너빌 평원[42] 근처에 있는, 상어가 두 마리가 걸려 있는 술집에 들어갈 때 신분증 검사를 받지 않았다는 것이다. 바텐더는 내게 테킬라를 따라주고, 병은 카운터 위에 두었다. 그가 내게 어디로 가는지 물어서, 난 그냥 아무데나 가려 한다고 말했다. 그랬더니 그는 전갈이 들어 있는 병을 들고 왔다. 전갈 꼬리에 데킬라를 한방울 떨어뜨리면 어떻게 전갈이 죽을 때까지 자신을 쏘아대는지, 그는 그걸 보여주었다.

---

42. 약 1만 년 전까지 미국 유타주, 네바다주, 아이다호주에 걸쳐서 존재했던 거대한 호수가 말라서 만들어진 평원.

그런데 그 뒤에 무슨 일이 있었더라?

그 이틀이 기억날 수도, 아니면 그 이틀이 전혀 기억나지 않을 수도 있다. 지금까지의 상황은 이렇다. 잊어버린 그 어떤 것도 기억조차 할 수 없다는 것이다.

내게 기억나는 것이라곤 사고가 났다는 것뿐이다. 이 사고도 쌍안경과 같다는 것이 기억난다. 그러니까 두 가지 방식 말이다. 그건 빠르기도 했고 느리기도 했다. 그리고 둘 다이기도 했다.

포트 로스트는 나쁘지 않았다. 나는 싹 다 먹어치웠다. 푸른 잎채소와 신맛이 나는 채소도 비워버렸다.

지금은 야간 근무 간호사를 기다리는 중이다. 요맘때면 그녀는 혈압을 재러 온다. 이 시간이 내 하루의 정점이라고도 할 수 있다. 그 이유는 이 간호사가 다른 모든 여성들을 성 전환자로 보이게 만들었기 때문이다. 불행한 건, 그녀가 주님과 사랑에 빠져 있다는 것이다.

그런데 이 간호사는 정말 재미있는 사람이다. 내가 잠을 잘 이루지 못하자, 그녀는 전화번호부를 들고 내게 온다. 그녀는 내 병상에 앉아서, 나와 함께 이상한 이름들을 찾아본다. 칼리오페 지스(Calliope Ziss)와 모리스 팬케이크(Maurice Pancake)라는 이름을 가진 이들이 바로 인근에 살고 있다.

나는 한밤중에 여자가 내 방에 있는 것이 좋다.

이 야간 근무 간호사에게서 크리스마스 초와 같은 냄새가 난다.

그녀가 병실을 나간 뒤에도, 아주 잠시 동안 병실에 그녀가 여전히 있다는 느낌이 든다. 그녀가 나가긴 했지만, 그녀에 대한 생각이 남아 있는 것이다.

물론 똑같지는 않지만, 그 일로 어머니가 돌아가시던 그날 밤이 떠올랐다. 세 개 주나 떨어져 있는데, 내 방 안에서 나던 냄새는 어머니가 내게 잘 자라고 인사할 때 얼굴에 바른 분 냄새였다. 그날 밤 어머니는 그 곳에 계시지도 않았는데 말이다.

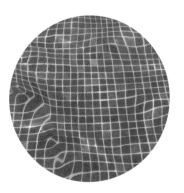

Pool Night

수영장 야간 행사

Pool Night

이번엔 불 때문에 일이 터졌다. 예전에 물난리가 났을 때처럼, 똑같은 방식으로. 사람들은 홍수로 그리고 화마로 모든 것을 잃었다. 그렇지만 잃지 않으려고 애를 쓰지도 않았다.

아마 내가 모든 걸 잃은 건 아닐 것이다. 그렇지만 나는 그 모든 걸 구하려고 애쓰지도 않았다. 그래서인지 이런 일을 마치 처음 겪는 것처럼 느껴졌다. 사람들은 나를 집 밖으로 끌어내야만 했다. 그렇지만 내가 연기 속에서 빠져나오는 길을 못 찾아 그렇게 된 건 아니다.

처음으로 일이 터졌을때, 사람들은 아무 말도 하지 않았다. 그게 아니라면, 우리들은 그 일 빼고는 모든 걸 다 말했다. 강물이 강둑을 넘어서, 범람한 물이 저수지를 완

127

전히 휩쓸고 집들을 다 쓸어간 지 28년이 흘렀다.

물이 밀려들자, 우리는 물이 밀려드는 것을 바라보았다. 늦은 밤, 이웃들은 테라스에서 넘실대는 물을 바라보았다. 홍수로 떠내려 온 온갖 부유물이 고압 전신탑을 부러뜨렸을 때, 스트로보 조명과 같은 빛줄기가 거기서 터져 나왔다. 전선이 물에 닿자마자, 그 지역이 정전이 되었다. 우리가 바라본 건 홍수의 길을 따라 어두워져 가는 도시였다.

우리에게 이런 일이 닥치리라곤 생각지도 못했다.

그런데 일어나고 말았다.

피난은 차분하고 신속했다. 윈턴 박사님만 빼고. 적십자사 자원봉사자들이 차를 공원에 세워두고 윈턴 박사님의 집으로 가서 그를 끌어낼 때, 술 창고에 있던 술을 거의 다 마신 그는 자원봉사자들을 빤히 쳐다보았다.

우리들 대부분은 그 일을 직접 목격했다. 그렇지만 며칠간 청소하는 내내, 우리들은 그 일에 대해서 아무 말도 하지 않았다. 우리들이 한 이야기는 백주년 기념 경마장에서 달아나버린 경주마들에 대한 것이었다. 우린 그 놈들이 잔디밭 위를 천천히 구보하다가 땅에 묻어 놓은 스프링클러에 걸려서 비틀거렸다는 이야기를 했다. 집 안 화장실 휴지걸이에 걸린 두루마기 화장지가 물에 젖어 퉁퉁 불어 있었다. 찾아낸 편지에서는 잉크로 쓴 글씨가 물에 씻겨 사라졌다.

버니 윈턴 이야기도 했다. 그녀는 다음 날 아침에 거실 가구를 새로 주문했다. 그녀는 자신의 안락의자가 없어져서 기쁘다고, 그 의자의 푹신한 팔걸이는 고양이가 하도 긁어대서 안쪽 솜이 다 드러났다고 말했다.

"좋지 않은 일을 잘 넘기지 못하면 주저앉게 돼."라는 말을 남기고 버니는 나가서 머리를 새로 했다.

방송 제작자들이 클럽에서 수영 팀원들의 사진을 찍었다. 그들은 간이식당 옆에 줄지어 서서, 파상풍 주사를 맞기 위해서 기다렸다. 그래야 진흙을 퍼내는 작업을 할 수 있었다. 버니는 심야 뉴스에 나왔다. 그녀의 가슴 쪽에 "수재민"이라는 자막이 떴다.

젖어서 휘어버린 나뭇가지가 지붕에 닿아서 끽끽거리는 소리가 나지 않도록, 나무 위에 올라가서, 가지 위에 목욕용 수건을 두르고 있는 그녀의 모습이 나왔다.

"수영장 야간 행사"가 있던 날이라고 해야 할까, 아니면 있기로 했던 날이라고 해야 할까, 그 첫번째 날은 15년 전이었다.

그레이는 "입 모양만 신경 쓰면 돼."라고 말하면서 내게 자꾸만 보여주었다. "입에서 긴장이 풀리면, 예뻐 보여.” 라고 말했다.

우리들은 우리 자신과 가족사진을 찾고 있었다. 사진을 찾아보자는 것은 사려 깊은 어머니의 생각이었다. 버니 윈턴이 사진첩을 잃어버렸다는 이야기를 들었을 때, 그 생각이 떠오른 거다. 나더러 사진첩을 찾으라고 했다. 그레이가 나를 도와주러 왔다. 물론 어머니가 불러서 온 것이지만.

그레이는 버니와 박사님의 아들이다. 이제 그들은 사진첩의 사진을 한 장씩 넘기면서 그들의 아이가 자라는 모습을 볼 수 없게 되었다. 그 애가 자라는 모습이 우리 사진 속에도 있다는 것을 어머니가 깨닫기 전까지는 말이다. 우리는 그레이 윈턴이 찍힌 사진을 모두 꺼내서 한 장씩 다시 인화해서 그의 부모에게 새 사진첩을 건넸다, 너무나 고마워 했다.

그레이는 수영장에서 소년 감시구조원으로 일했다. 그는 아침마다 먹는 콘플레이크 색으로 살을 태웠다. 난 어떤 여자애들이 그가 씹던 껌도 모으는지 알고 있다.

그레이는 청소를 면제받은 유일한 남자애였다. 그 주에 그는 의사의 치료를 받고 있었다.

그레이와 오빠는 물놀이 매니아였다.

그들은 코치와 함께 수영장의 높은 다이빙대에서 뛰

어내리면서 슬랩스틱 곡예를 하는 훈련을 했다. 6명의 물놀이 매니아들이 1890년대에 유행하던 줄무늬 수영복을 입고는 서로 엇박자나는 방식으로 몸을 물에 내던졌다. 그레이는 우리 오빠 어깨 위에 올라가서 3미터가 넘는 거인처럼 둘이 함께 다이빙을 했다.

광대 다이빙의 엉덩방아 입수 중에서 가장 인기 있는 곡예는 공중에서 걸으면서 뒤로 재주 넘기였다. 다이빙대 끝까지 뛰어간 뒤에, 만화에서처럼 공중에서도 계속 뛰는 동작을 빠르게 하다가 뒤로 재주를 넘는 것이다.

"중력을 이용하면 돼." 이 곡예를 어떻게 해냈는지 설명할 때 그들이 하는 말이다.

그런데 리허설 중에 그레이에게 사고가 났다. 뛰어내리다가 다이빙대에 머리를 부딪친 것이다. 수영장 야간 기념행사가 예정대로 열렸더라도, 그는 이 일로 행사에서 다이빙을 하지는 못했을 것이다. 그렇지만 행사가 연기되어서 그는 불붙이고 다이빙 연습을 할 수 있는 시간을 벌었다.

사진첩에는 그레이가 물에서 노는 사진들이 있었다. 첫번째 사진은 애기 때 오빠와 함께 우리 집 욕조에서 폭풍우 치는 바다 놀이를 하는 것이었다. 나중에 그들은 늑대거북들을 노로 찌르면서, 뗏목을 타고, 장대로 삿대

질을 하며 호수를 가로지르기도 했다. 우리 셋이 빙판 위에서 스케이트를 타는 사진도 있었다. 나는 검은 벨벳 줄에 달린 토끼털 뭉치를 목에 두르고 있었다. 다음 사진에서는 그들이 내 털 뭉치를 잡아당기고 있었고, 그 다음엔 뒤쪽에서 나를 쫓아와서는 벨벳 줄을 팽팽하게 잡아당겼다. 마치 교살도구처럼.

폴라로이드 사진도 있었다. 색은 바랬지만, 그 순간의 이미지는 남아 있었다. 감광유제가 금속성 청동색으로 변한 사진도 있었다. 스냅 사진들은 낡은 거울처럼 짙게 변색이 되어 있었다.

버니가 나온 사진은 상당히 많았다. 그녀는 사진이 잘 안 받긴 하지만 포즈를 취하는 데 적극적이라, 자신이 긴장하지 않고 나온, 단 한장의 멋진 사진을 얻을 확률을 높여서, 결국, 한때, 딱 한때, 그녀가 예뻤다는 것을 증명하는 사진 한장이 남았다.

박사님은 소풍을 가거나 스케이트를 타러 가질 않았다. 그래서 그가 나온 사진은 없었다. 결국, 홍수가 난 뒤에 그는 다음과 같이 말했다고 한다. "내가 무언가를 잃게 되면, 그건 영원히 사라지고 마는 거야."

"우리 아버지의 문제는 과거에 매여 있다는 거야." 그레이가 자신의 아버지에 대해 말했다. "아버지 말씀은, 네가 전에 했던 일과 좋아했던 일을 하라는 거지. 나는 앞으로 다가올 일을 찾고 있는데 말이야."

내 생각으로는 현재에 베팅을 하는 게 제일 안전하다. 미래에 우리가 할 수 있는 것이라고는 죽는 것뿐이다. 언제나 바로 지금 이 순간만이 우리는 살아있는 거라고, 나는 생각한다.

그레이는 물을 믿었다. 그는 홍수가 난 뒤에도 계속해서 물을 믿었다. 물이 자신을 구해줄 것이라고 믿었고, 온 몸에 불을 붙이고 다이빙을 하기 위해서라도 그렇게 믿었다.

나는 그가 불 붙이고 다이빙하는 걸 한 번 보았는데, 그 한번이 전부였다.

수영장 물을 여과하고 다시 소독했을 때, 그는 휘발유 한 통을 높은 다이빙대로 가져갔다. 그는 후드가 달린 땀복과 그에 어울리는, 졸라매는 끈이 있는 바지를 입었다. 그는 위아래를 다 입은 채 물 속으로 뛰어들었고, 수영장 가에 있는 사다리를 이용해서 밖으로 나왔다. 밤이었고, 난 사진 찍을 준비가 되어 있었다.

그는 식물에 물을 주듯이 젖은 옷 위에 휘발유를 뿌렸다. 옷이 젖어서 휘발유가 피부에 닿지 않을 거라고 그는 말했다.

그는 상상해보라고 말했다. 그가 몸에 불을 붙이고

물에 뛰어드는 순간을, 다음 번 수영장 야간 행사에서 그 다이빙을 해내는 것, 그건 그가 대포를 날려 버리는 것과 같을 거라고 말했다.

그리고 그는 라이터를 켰고, 멋지게 자신의 몸에 불을 붙였다.

인간 횃불, 그가 대기 중에 써내려간 불타는 나선형의 비틀림, 물이 그를 받아들였을 때 되찾은 생명이 내는 쉬익 소리, 이 모든 걸 사진에 담았다.

단지 몇 초 걸렸을 뿐이다. 이 일은 화려한 위험이라고, 난 그렇게 말했다.

"이 몇 초도 안 되는 시간을 내가 살아있도록 한 거야."라고 그는 말했다.

우린 그날 밤 사진을 한 장 더 찍었다. 그레이가 나를 집에 바래다 준 다음이었다. 그는 사진을 고정시키는 데 쓰는 모서리 장식이 든 상자를 하나 찾아냈다. 사진첩 위에 사진을 고정시키는 접착제가 묻어 있는 검은색 모서리 장식이었다. 그는 우리 사진첩을 열고, 모서리 장식 네 개를 붙였다.

사진을 찍은 건 그레이였다. 그가 내 사진을 찍었다. 난 포즈조차 취하지 않아, 있는 그대로 찍혔다. 그때 그가 늘 사용한 건 폴라로이드였다. 아직 어떤 형상도 없는 네모난 인화지가 사진기에서 나오자마자, 그는 그것을 잡아채서 모서리 장식에 끼워놓고는, 인화되기도 전에 사진첩의 표지를 덮어버렸다.

그 사진을 화재로 잃어버렸다.

연기는 사람의 목소리를 아주 낮게 만든다. 소방대원에게 고맙다는 말을 하고 있었지만, 그 말은 전혀 내 목소리처럼 들리지 않았다. 고맙다는 말을 하긴 했지만, 고맙다고 느껴지지 않았다. 난 옆으로 비켜서서 검은 연기를 들이마시며 지켜보았다. 그때 모든 것을 잃어가고 있는 나 자신을 지켜보면서, 윈턴 박사가 왜 집 안에서 나오려고 하지 않았는지 깨달았다.

나는 지금에서야 그 이유를 알게 되었다.

집에 불이 나면, 타오르기 전에 무엇을 구해낼 것인지 생각해야만 한다는 걸 지금은 알게 되었다. 그 열기 속에서, 이것도 저것도 다 똑같이 소중하게 보여서가 아니다. 그건 그 어떤 것도, 심지어는 목숨까지도, 애써서 구할만큼 가치 있어 보이지 않기 때문이다.

Three Popes Walk into a Bar

세 명의 교황이 술집으로 들어간다[43]

Three Popes Walk into a Bar

    시드니 로튼 광장은 잠시 지나다니는 사람들을 위한 공원이다. 벤치조차 없다. 한 쪽 끝에서 다른 쪽 끝까지 걷는데 불과 몇 분이면 충분하다. 게이트웨이 콘도미니엄을 설계한 건축가는 바비큐 공간과 주차장 건물 사이에 공원을 끼워 넣었다. 마치 교통 범칙금을 납부 받는 경찰청 "정의"관[44]에서 정의를 찾기 어려운 것처럼, 소위 그 "공원"이란 곳도 공원이라고 보기는 어렵다. 하지만 자연을 어설프게 흉내 낸 이 공원은 클럽에 걸어갈 수 있을 만큼 가깝다. 그래서 바로 여기 사계절의 분수 앞이 나

---

43. 1978년에는 가톨릭교에는 세 명의 교황이 있었음. 당시에 세 명의 교황이 술집에 들어간다는 문장으로 시작하는 수많은 농담이 생겨났음.
44. 미국 각 도시의 경찰청 본부의 별칭.

와 웨슬리의 약속 장소다.

그 분수에는 동전이 아니라 죽은 지렁이만 쌓여간다. 지렁이가 깡통 뚜껑 손잡이나 담배꽁초, 나뭇잎보다 더 많다. 광장 북쪽 입구 근처에는 빛바랜 벽돌 아치가 있다. 그 아치에 붙어 있는 청동 비슷한 표지판에 "사적"(史蹟)이라고 쓰여 있다. 이런 것들을 보면 예전에 여기 뭔가가 있었던 것 같기는 한데, 그게 뭔지는 쓰여 있지 않다.

웨슬리가 "여기야."라고 소리쳐 부른다. 그 소리로 나는 그가 마음을 정했다는 것을 알 수 있다.

"마음을 바꾸는 게 범죄라고 생각해?"라고 그는 물었다. 우리가 타르머캐덤[45] 포장도로를 걷는 동안, 그는 말한다. "어떤 일을 할 수 있다는 이유만으로 꼭 그 일을 해야만 하는 건 아니지, 안 그래? 할 수는 있지만, 난 하고 싶지 않아서 말이야."

공연 이야기다. 그는 여전히 사람들을 웃길 수 있지만, 이젠 그 일을 그만 두고 싶어 한다.

"일을 계속 할 수는 있겠지. 그 일을 해서 남는 게 뭔지 자네도 알잖아? 기껏해야 10%밖에 안 남은 간 기능과 침대에 누워있는 중범죄자 뿐이겠지." 그는 말한다.

"저는 타이밍이 제일 중요하다고 생각해요. 제일 먼

---

45. 타르와 자갈을 섞은 도로 포장재료.

저 선택한 걸 먼저 해본다면 말이죠." 나는 말한다.

세 명의 교황이 술집으로 들어간다.

공항의 클리퍼 클럽에서 한 사내가 웨슬리를 알아보고는, 이 문장으로는 멋진 농담을 못 만들 거라며 내기를 걸었다. 그들은 호놀룰루에서 같은 비행기에 탑승했다. 웨슬리는 샌프란시스코로 날아가는 5시간 동안 "세 명의 교황이 술집으로 들어간다."는 문장으로 농담을 만들어내야 했다. 그는 이 내기에서 돈을 잃었다. 그렇지만 얼마나 잃었는지 나는 묻지 않았다. 여행에서 돌아온 그는 해외에서 묻혀온 균 때문에 병에 걸렸다. 나는 비행장 출구에서 그를 만나서 곧장 클럽으로 데려왔다. 이 일은 대개 이브가 하던 일이었지만, 그녀가 내게 위임했다. 이브 그랜트는 곧 웨슬리 그랜트의 전처가 될 사람이다.

"이브가 호텔에 연락을 했더라고. 오늘 밤에 오겠다고." 웨슬리가 말했다. "그렇지만 그녀는 웃지도 않을 거야."

"6백 명도 넘는 다른 사람들이 있으니 그녀가 웃지 않더라도 알 수 없을 거예요." 난 말했다. "오늘 공연은 매진됐거든요."

"그렇지만 나는 언제나 알고 있지. 자네도 알고 있고. 그녀가 원하는 건 내가 배를 사는 것뿐이라는 것 말이

141

야. 물론 내가 공연하는 걸 그만 둔 뒤에 말이야."

"그게 그녀에게 무슨 의미가 있겠어요?" 난 말했다. "그녀는 당신을 떠날 거잖아요."

"떠나지 않을 수도 있지." 웨슬리가 대답했다. "내가 배를 사면 그녀는 떠나지 않을지도 몰라."

"그렇게 하든 안 하든 달라질 건 없을텐데요."

"오늘 밤 이브에게 이걸 말해주면 좋겠는데." 그가 말했다.

이브 그랜트에 대해서, 웨슬리는 자신이 만났던 가장 아름다운 여자와 결혼했지만, 아름다움이란 게 그리 쓸모가 없다는 걸 알게 되었다고 말했다.

그는 그녀가 토플리스 댄서로 일하던 클럽에서 그녀를 만났다. 그녀는 그에게 웨슬리는 최초로 우주에 간 원숭이의 이름이라고 말했다. 그녀는 미 항공우주국이 웨슬리를 이용해 먹고는 유기 동물 보호소에서 죽어가게 놔뒀다고 말했다. 그러자 몇몇 여성들이 그 녀석을 납치해서 동물원에 데려다 주었고, 그곳에서 그 녀석은 편안하게 일생을 마쳤다고 했다.

웨슬리는 그 원숭이의 이름이 스티브라는 걸 알고 있었지만, 그녀가 사실과 다르게 이야기 하는 것도 나름 귀엽다고 생각했다.

웨슬리가 부추겨서 이브는 춤추는 걸 그만 두고, 저널리즘에서 경력을 쌓았다. 사람들이 언제나 그녀와 이야기하길 원했기 때문에, 그녀는 저널리즘이 적성에 맞는다고 생각했다. 그녀는 일요판 신문에 실리길 바라면서 기사를 하나 보냈지만, 6주 뒤에나 돌려받았다. 웨슬리가 편집자에게 왜 그 글을 안 실었는지, 그 글이 충분히 따분하지 않아서인지 따졌다. 그리고는 출판업자에게 뇌물을 줘서 이브에게 팬들이 만드는 잡지사에 일자리를 하나 구해주었다. 그녀는 한 달에 한 번 텔레비전에서 사라진 배우들에 관한 칼럼을 썼다. 칼럼의 제목은 "그들은 지금 어디에 있나?"였지만, 우리 모두 그 기사를 "왜 그들은 아직도 죽지 않은 거지?"라고 불렀다.

웨슬리는 여종업원을 불러 특별 주문을 했다. 곧 그녀는 반으로 쪼갠 통조림 복숭아를 그릇에 담아 들고 왔다. 웨슬리는 코트 주머니에서 기침 억제제가 든 로밀라 약병을 꺼내서 거의 전부 그릇에 부었다.

"정말 대단하세요. 저라면 아픈 몸으로 무대에 나가 사람들을 웃길 수 없을 거예요."라고 그에게 말했다.

"바보 같은 소리. 자넨 아무리 멀쩡해도 절대로 못해."라고 그가 말했다.

그는 빨갛게 변색된 복숭아를 억지로 삼켰다.

"그렇지만 자네가 뭘 할 수 있는지 알려줄게. 날 간지럼 태워봐."라고 그는 말했다.

간지럼 태우기도 늘 이브의 몫이었다. 어린 시절 그를 간지럼 태우기 시작한 건 할머니였다. 그가 말하길, 할머니는 재미로 하는 수준을 넘어서, 그가 덫에 걸려 무기력해지고 울고 싶을 때까지 간지럽혔다고. 그런데 간지럼에 자신을 완전히 맡겨버리면, 바로 그 순간 안도감과 평온함이 찾아온다는 걸 깨닫게 되었다고.

그를 코미디언으로 만든 것이 바로 이 간지럼 태우기와 그에 대한 투항이라고 그는 생각한다. 모든 종류의 회복이 그런 것처럼, 코미디도 투항을 요구하니까.

웨슬리는 의자들을 치우고 간지럼 당할 준비를 했다. 신호를 받은 나는 그의 벨트를 향해 돌진했다.

나는 이 일로 또 뭔가를 깨닫게 된다.

클럽 매니저의 사무실이 열려 있고 아무도 없어서, 마실 것 두어 잔을 들고 들어가 문을 닫았다. 웨슬리는 비디오카세트가 꽂힌 책장을 살펴보다가 그 중의 하나를 꺼내서 틀었다. 그는 내 옆에 와서 앉았다.

테이프에는 지역 방송국을 위해 그가 만든 저예산 광고들이 들어 있었다. 이걸 보는 거 자체가 코미디라고 웨슬리가 말했다.

테이프가 시작되었다. 양복을 차려 입고 넥타이를 맨 그가 이스트 베이에 있는 체리 힐즈 쇼핑몰 광고를 했다.

"광고가 볼만해지면 말해줘,"라고 말하면서, 그는 손으로 눈을 가렸다.

"체리 힐즈는 맥아더가와 니미츠가 사이에 있지요. 맥아더와 니미츠, 둘 다 멋진 사람들이고, 멋진 고속도로이기도 하지요." 그는 화면에서 말했다.

"아, 나 자신이 정말 싫어져." 그는 괴로워했다.

기계가 지지직거렸다.

"다음 광고는 이브가 좋아하는 거지."

그 제품은 깊숙이 침투하는 에폭시 마감재였는데, 이걸 시멘트의 갈라진 틈새에 주입하면, 다시 한 덩어리로 붙일 수 있었다. 이 광고의 배경에는 틈이 갈라진 보도를 바라보는 집 주인이 나오는데, 그는 웨슬리의 전 동업자 래리 뱅크스였다. 몇 년 전 뱅크스가 "당신이 원하는 것은 무엇이든지"라는 공약을 내걸고 시장으로 출마할 때, 그들은 갈라섰다.

"시멘트에 금이 가면, 바로 이거."라는 문구가 나올 때, 기계는 작동을 멈췄다.

웨슬리는 기계를 끄고 문을 열었다. 그는 여종업원

145

에게 보드카를 갖다 달라고 했다.

"내가 뱅크스를 처음 만났던 밤 이야기를 해준 적이 있었나?"라고 그는 말했다. "내 매니저가 그를 데려와서 내 공연을 보게 해주었지. 공연이 끝난 뒤, 우리 모두 진탕 마시려고 폴리네시아풍 술집으로 갔단 말이야. 뱅크스는 그 때 막 이 업계에 뛰어든 참이었는데, 그 자가 여자들이나 마시는 술을 2잔 주문하더라고. 그런데 그게 우리 두 사람을 위한 거란 걸 그 자만 몰랐던 거야. 웨이터가 대야만큼 큰 잔에 럼을 가득 채워서 가져왔더니만, 뱅크스는 너무 당황해서 어쩔 줄 모르더군. 내가 그 자에게 말했지. 다른 사람을 웃기려면 자신이 당황해선 안 되는 거라고 말이야."

웨슬리는 내 옆에 앉아서 몸을 뒤로 젖히며, 지금이 자신의 인생을 바꿀 때라고 말했다. 그는 인생을 바꾸길 원했다. "그런데 사람들은 도대체 어떻게 시작을 하지?"

"작은 것부터요."라고 내가 대답했다. "작은 것부터 시작해서 조금씩 나아가는 거예요. 집을 청소한다고 생각해보세요. 방 하나에서 시작하는 거예요. 그 방 하나 치우는데 필요하다고 생각했던 시간보다는 더 많은 시간이 걸릴 거예요. 확실하게 그걸 끝내려면요. 그러고 나서 다음 방으로 넘어가는 거지요. 처음에는 작은 것부터 시작해서 모든 일들이 점점 커지는 거죠."

사실 나도 그런 식으로 해본 적은 없다.

"물론 나는 다른 식으로 할 수도 있겠지."라고 웨슬리는 말했다. "아마도 내가 하는 일들은 모두 점점 쪼그라드는 것 같아. 다른 한 편엔 무대란 게 여전히 있단 말이지. 자네도 알다시피, 저기 위에서 일이 잘 될 때도 있지. 무대에 섰는데 할 말이 아무 것도 없을 때에도, 어쨌든 일은 계속되어야만 하거든. 그게 말이야, 의도적으로 인간적이 되는 거야. 그게 뭐냐면, 전적으로 입에서 나오는 말에 의지하는 거야. 사람들을 똑바로 보면서 이렇게 말하는 거야. 당신들은 예수님이 힘들게 사셨다고 생각한다구! 아, 좋을 때도 있었는데 말이야." 그가 말했다. "물론 에비[46]도 좋을 때가 있었지. 그러니까 에비가 밤에 거기에 있을 때 말이야. 내가 무슨 얘기를 하는지 알아듣겠나?"라고 그는 물었다. "왜냐하면 그녀가 그날 밤 거기에 있었으니까. 그녀를 만나기 전에, 나도 인연이라는 걸 맺은 적이 있었지. 지난 번 인연처럼, 이번 인연도 클럽에서 기다리고 있었지. 그래서 이브에게 나하고 데이트하러 나가겠냐고 물었지. 그랬더니 자기는 이 세상 밖으로 나가버리고 싶다고 하더군."

---

46. 에비는 이브의 애칭임.

웨슬리는 보드카를 마셨다.

"바로 그걸 난 이해조차 못해."라고 그는 말했다. "자 넨 어때? 죽고 싶은 적이 있었나? 그러니까 자살을 시도 해본 적 있어?"

"딱 한 번이요."라고 나는 대답했다. "차를 엄청 빠르 게 몰아 사고를 내려고 했는데, 그렇게 하지 못했어요."

"난 아냐, 전혀 그런 적이 없어."라고 웨슬리는 말했 다. "가끔 생각은 해. 자살을 하는 사람들은 얼마나 우울 할까. 그리곤 신께 감사를 표하지. 내가 사자자리라는 것에."

공연 시작하기 한 시간 전에, 바에서 우리는 이브를 만났다. 그녀는 멋져 보였다. 웨슬리도 그렇게 말했고, 그 밖의 모든 사람들도 그를 따라 그렇게 말했다. 옅은 핑크빛 피부, 연한 금발은 항상 후광을 받는 듯했다. 이 브는 철조망을 입어도 멋져 보일 것이다.

"이런, 청바지가 너무 조이나봐," 뱀 껍질로 만든 가 느다란 벨트를 풀면서 이브가 말했다.

여종업원이 우리 테이블로 와서 무엇을 주문할지 물 었다.

"난 술은 마시지 않겠어요."라고 이브가 말했다. "세 븐업이나 한잔."

여종업원은 스프라이트도 괜찮은지 물었다.

"아니요, 그렇다면 태브[47]로 주세요."

"이브는 세븐업 부사장 옆집에 산 적이 있었지." 웨슬리가 설명을 덧붙였다. "그래서 레몬-라임 음료수에는 빠삭하지."

"오늘 누가 오나요?" 이브가 물었다. "엘에이라도?"

연예인 지망생을 찾으러 북쪽으로 온 할리우드의 에이전트를 엘에이라고 부른다.

"오기로 했는데, 안 왔군." 웨슬리가 말했다.

"오히려 다행이죠." 이브가 말했다. "성가신 존재들이니까요. 당신을 엄청 추켜세우다가는 다신 코빼기도 안 보이곤 하잖아요." 그녀는 한숨지었다. "모두들 그러는 것처럼."

그녀가 웨슬리의 어깨를 건드렸다. 그러자 그는 두 손으로 자신의 목을 마사지할 수 있도록 몸을 돌려 앉았다.

"그녀는 내게 너무 과분해." 웨슬리가 말했다.

"아, 난 이런 식으로 저축해두는 거예요." 이브가 말했다. "난 이런 기회를 그냥 날려버리진 않지요."

어떤 목소리가 뒤에서 갑자기 들려왔다. "코미디언한테 오빠부대가 없다고 누가 그래?"

---

47. 코카콜라 회사 제품의 하나로 다이어트 코크가 나오기 이전에 유행하던 상품

웨슬리를 무대에 소개해주곤 하는 클럽의 사장이었다.

클럽의 주인은 웨슬리더러 무대 뒤로 오라고 말했다. 이브와 나는 키스를 날려 보내고 음료수를 들고 위층으로 올라갔다. 우리는 매표소 창구 앞에 줄지어 서 있는 사람들을 지나쳤다. 매표소의 한 쪽 편에는 가로 2.4미터 세로 3미터짜리 웨슬리 사진이 걸려 있었다. 이 사진은 수 년 전에 찍은 홍보용 사진으로 그는 상당히 진지한 표정을 짓고 있었다. 그는 똑같은 사진을 자신의 집 벽난로 선반 위에 걸어 두었는데, 이 사진에만 "그는 정상을 목표로 삼았다. 그는 바닥에서 시작했다. 그는 어중간한 어딘가에서 끝을 맺고 말았다."라는 말이 적혀 있다.

우릴 위해서 예약된 앞쪽의 작은 둥근 테이블을 찾아서 앉았다. 이브는 내게 태브 한 모금을 먼저 마셔보라고 했다. 그럼 1칼로리를 섭취하는 건 내가 될테니까.

"저길 좀 봐요."라고 그녀가 말하면서, 오른쪽 끝을 고개로 가리켰다. 쳐다보니, 20대 청년 4명이 무리지어 있었고, 테이블 위에는 맥주 피처가 놓여 있었다. 작은 클럽에서 공개참여 행사 때 공연하는 신출내기들이었다.

"저 친구들은 뭔가 다르죠." 이브가 말했다. "웨슬리가 무대에 올라왔을 때 그들을 잘 봐요. 그가 청중을 웃길 때, 그들을 봐요. 누군가가 '거 참 재미있네.'라고 말하면, 다른 놈들이 고개를 미친 듯이 끄덕일 거예요. 하지만 아무도 웃고 있진 않죠."

"몇 달 전에 저 키 작은 금발이 여기서 누군가의 오프닝 공연을 했어요. 그가 나중에 우리를 영업장에서 만났을 때, 웨슬리에게 자신의 공연이 어땠는지 물었어요. 웨슬리가 '글쎄, 밥 호프[48]라고 영원히 살 수 있는 건 아니니까.'라고 대답했어요. 그랬더니 그 친구는 그 말을 칭찬이라고 여기더라고요."

이브는 엄청나게 활짝 웃었다.

내가 그녀에게 웨슬리에 대한 생각을 바꾸었는지 묻자, "음, 그 얘긴 안 하면 안 될까요?"라고 대답했다.

난 음료수만 줄곧 마셔댔다. 이브는 아무도 없는 무대를 뚫어지게 내려다보았다. 난 우리들이 그 문제에 대해 얘기하지 않아서 기쁘다고 말했다.

"난 그가 좋다고나 해야 할까, 종종 그 느낌이 약해지기도 하지만…. 당신이 보기에도 그 사람이 불안해 보이나요?"라고 그녀는 물었다.

"늘 그렇죠."

"내가 말하려고 하던 게 바로 그거예요." 그녀는 말했

---

48. 미국 희극 배우

다. "그게 배가 필요한 이유예요. 그게 바로 그 이유예요." 조명이 조금씩 어두워졌다. "내가 항상 여기 있는 이유이기도 하지요."

클럽 주인이 무대 위로 뛰어 올라갔다. 그는 스탠드에서 마이크를 뽑아 들고는 말하기 시작했다. 잠시 뒤에 그의 목소리가 들렸다.

"매일 밤 저는 여기에 올라와서 멋진 공연이 될 거라고 말씀드리죠. 가슴에 손을 얹고 진심이라고 말이죠. 하지만 오늘밤은 진짜 진심을 담아 말씀드립니다." 그가 말했다.

이브와 내 어깨가 서로 닿을 정도가 될 때까지 우리는 몸을 앞으로 내밀었다. 그가 웨슬리의 이름을 외치는 걸 들었다. 푸른색 스포트라이트가 무대 위에 선 웨슬리를 따라가며 비췄다. 우린 웨슬리가 LA에 다시 돌아온 것이 얼마나 기쁜지 청중들에게 말하는 걸 들었다.

시드니 로튼 광장에 있는 작은 둔덕들은 서로 멋지게 어우러져 있지만, 나무들은 잘 어울리지 않을 뿐더러, 게다가 그리 많지도 않다. 웨슬리와 나는 개들이 볼일 보는 곳을 지난다. 개들이 볼일 보는 곳은 노랗게 칠해진 전신주의 일부를 소화전 모양으로 만들어 놓았다.

물을 주는 게 아니라 받으려는 목적으로.

"난 그녀가 해달라는 대로 해줬어," 웨슬리가 말했다. "배를 구했다구. 그래서 우린 7월 이후에 기회가 되는 대로 떠날 거야. 제기랄, 난 내가 원하는 걸 한 거라구. 나는 항상 마음속으로는 선원이었다니까. 콘라드[49], 노인과 바다, 아니면 물고기라도 되든지. 파도를 타고 내 한계를 넓혀보는 것은 멋진 일이 될 거야. 변화를 찾아 물에 잠겨보는 거라구."

"이브로 말할 것 같으면, 그렇게 될지 확신하지는 못하더라고. 그렇지만 분명히 그렇게 될 거야. 이브에게 말해주었지. '비결은 이거야. 난 내가 원하는 걸 하고, 당신도 내가 원하는 걸 하면 돼.'"

그는 스스로를 비웃듯이 말했다. "그리고 난 또 그녀를 죽도록 사랑하기 때문이지. 난 영화를 보듯이 그녀를 바라보지. '이브 그랜트 세 시간 동안 빨래를 하다.'라는 영화를 내가 보고 있는 거지."

"왜 이렇게 멋진 이야기들을 그녀에게 안 들려주시는 건가요?"라고 내가 물었다.

"할 수도 있겠지." 웨슬리는 자신 없게 말했다. "내가 바보라서 그런가봐."

---

49. Joseph Conrad. 폴란드 출신의 영국 소설가. 다수의 해양소설을 썼음.

"당장 접고 떠날 수 있어요?" 내가 물었다.

"광고 모델료를 받게 되었어. '시멘트에 금이 가면, 바로 이거.'란 광고 기억나? 그리고 이브는 나중에 언제든지 중증 장애인 지원금을 신청할 수도 있어. 내가 그렇게 말했다고 당신이 이브에게 전해줬으면 좋겠는데."

카세트 플레이어를 든 십대 소년이 우리와 같은 속도로 걸었다. 그가 틀어놓은 스티비 원더의 노랫소리 때문에 우리 말소리가 전혀 들리지 않았다.

웨슬리는 음악 소리가 전혀 들리지 않는다는 듯이 말한다. "자네도 알다시피, 내가 누군가를 만나면, 나는 마음속으로 3분이라는 말을 되뇌지. 내가 3분을 줄 테니, 불꽃을 보여줘 봐. 거기 늘 이브가 함께 있었어. 그게 얼마나 오래 되었을까? 그래서 난 계속 생각해 봤지. 우리가 함께 있든 그렇지 않든 간에 우리가 그냥 내내 함께 있을 수는 없을까?"

우리 앞에 포플러 나무가 하늘을 배경으로 흔들린다. 여기에서 내내 자라왔다는 듯이.

"진짜, 사람들은 그렇게 할 수 없는 걸까?" 웨슬리가 묻는다.

그리고 나는 대답한다. "그럴 수 없다면, 누가 이 세상에 살아갈 수 있겠어요?" 하지만 내 머릿 속에 떠오른 문장 하나. "세 명의 교황이 술집으로 들어간다."

154

The Man in Bogotár

보고타 사람

The Man in Bogotár

경찰과 응급구조대원들도 손을 쓰지 못한다. 애원하는 배우자의 목소리도 바라던 결과를 이루지 못한다. 그 여자가 여전히 올라가 있는 상황인데도 말이다. 오래 이러고 있지는 않을 거라고 위협까지 하고 있다.

내가 그 여자를 설득해야만 하는 사람이라고 상상해 본다. 내 상상은 이런 식으로 전개된다.

나는 그 여성에게 보고타에 사는 어떤 남자에 대한 이야기를 해준다. 부자이자 사업가였던 그는 납치를 당하여, 몸값 때문에 억류되었다. 그렇지만 이 이야기는 티브이 연속극에 나오는 그런 식은 아니다. 그의 아내는 은행에 전화를 할 수도 없었고, 24시간 안에 백만 달러를 마련할 수도 없었다. 여러 달이 걸려야 했다. 그래서 납치범들은 심장병을 앓고 있던 그 남자를 살아 있게 해야만 했다.

건물 꼭대기에 올라간 여성에게 내가 하는 얘기를 좀 들어보라고 말을 걸어본다. 납치범들은 그가 담배를 피우지 못하게 했다. 그들은 그의 식단을 바꾸고, 매일 운동을 시켰다. 그들은 그런 식으로 그를 석 달 동안이나 억류했다.

몸값이 지불되어 그가 풀려나자, 그의 의사는 그의 건강 상태를 검진했다. 의사는 그가 매우 건강하다고 했다. 그때 그 의사가 말했던 말을 그대로 그 여인에게 들려주려 한다. 납치는 그에게 일어난, 가장 좋은 일이었다고.

아마도 이 이야기는 건물 꼭대기에 올라가 있는 사람을 내려오게 만들 수 있는 이야기는 아닐 것이다. 그렇지만 나는 건물 꼭대기에 올라갔던 여자가 스스로에게 이런 질문을 했으면 어떨까 하는 생각으로 이 이야기를 한 거다. 보고타 사람에게 떠올랐던 질문 말이다. 우리에게 일어난 일이 좋은 일인지 아닌지 어떻게 알 수 있을까.

When It's Human Instead of
When It's Dog

개가 아니라 사람이 그런 거라 해도

When It's Human Instead of When It's Dog

그건 현관 바로 안쪽에 있었다. 발을 닦으려고 멈추었을 때, 그녀의 눈에 제일 먼저 들어오는 것이었다.

일주일 내내 비가 내리고 있지만, 비가 그칠 기미는 전혀 없다. 버스를 타고 올 때 사람들이 내내 비 이야기를 하고 있었다. 하타노 부인의 추측이 맞다면, 집에 돌아가는 버스에서도 사람들은 내내 비 이야기를 할 거다.

그녀는 스며든 물 때문에 생긴 얼룩인가 생각해본다. 그렇지만 그 얼룩이 있는 바로 위 천장의 회반죽은 전혀 부풀어 오르지 않았다. 그 자국은 1.5리터짜리 냄비만큼 컸지만, 완전히 동그랗지는 않다.

하타노 부인이 이 집 청소를 시작한 지 2주가 되었다. 이 집의 안주인이 죽은 뒤, 바깥주인은 그녀에게 휴가를 주었다. 예전에 하타노 부인은 그 집에서 5시에 나왔다. 그렇지만 지금은 일정이 바뀌었다. 그녀는 이제 매일 5시에 와서, 이 집 바깥주인을 위해 저녁을 준비한다. 그리고 가볍게 청소를 한다. 청소라고 해봐야 세탁기로 한 번 돌릴 만큼의 빨래거리와 위층에서 먼지 터는 것 정도이다. 그러고 나서 저녁 설거지를 하고, 40달러를 받아 집을 나서면 끝이다.

집에는 아무도 없는 듯하다. 하타노 부인은 부엌 조리대에서 전화 메시지용 메모지 한 장을 떼어낸다. 종이 맨 위에 물음표를 그린다. 물음표 밑에 양고기, 돼지고기, 닭고기, 생선 순으로 내려 쓴다. 그리고 오븐으로 할지, 직화로 할지 적어 놓는다. 그녀는 채소를 길고 가느다랗게 썰어서 센 불에 볶을 것이다. 청소기를 돌리는 동안, 밥이 될 것이다.

위층에는 그녀가 한 번도 치워본 적이 없는 방이 하나 있다. 그 방의 문은 항상 닫혀 있었다. 몸이 좋지 않던 안주인의 방이다. 그런데 지금은 문이 열려 있다.

그 방은 어둡다. 덧창이 닫혀 있어서다. 그래서 하타노 부인은 전등을 켠다.

쓰레기통에는 카드가 가득 들어 있다. 책상 위에는 편지 한 통이 펼쳐져 있다. 하타노 부인은 성격상 남의 것을 몰래 읽거나 하지 않지만, 편지를 읽기 시작한다. 조문 편지다.

한타노 부인은 현관문이 열리는 소리를 듣는다. 그녀는 편지를 내려놓고 침대 쪽으로 간다. 침대의 침대보가 벗겨져 있다. 침대 옆의 의자 위에는 깨끗한 침대보가 쌓여 있고, 퀸 사이즈 이불이 개어져 있다.

이 집의 바깥주인이 방문 바깥쪽에서 인사를 한다. 그는 한타노 부인에게 미소를 지으며, 그녀가 침대 정리 하는 걸 도와주겠다고 말한다.

안 그러셔도 된다고, 신문이나 읽고 계시라고 그녀가 말하기도 전에 그는 이불의 두 모서리를 잡아서는 침대 매트리스 위를 덮는다. 그는 한타노 부인이 그녀 쪽 이불을 매끄럽게 정리하는 것을 기다린다. 침대보를 먼저 깔아야 한다고 그에게 차마 말할 수가 없어서, 결국엔 자기 손으로 깐다.

"아 이런." 그 집의 바깥주인이 조용히 말한다. 그는 멍한 표정으로 침대를 응시한다.

참기름에 저녁 요리를 볶는 냄새에 집 주인의 표정이 바뀐다. 한타노 부인은 그의 얼굴에서 이게 어느 나라 음식일까 하는 표정을 읽는다. 그녀는 냉장고에서 여러 친구들이 보내준 요리들을 보았다. 새우 캐서롤, 치킨 카레, 라자냐⋯ 음식을 싼 포장지에는 조리법까지 테이프로 붙어 있었다.

저녁을 차린 뒤, 하타노 부인은 싱크대 아래쪽에 있는 수납장을 연다. 그녀는 플라스틱 양동이를 꺼내 그 안에 스펀지, 수세미 솔, 식초 한 병, 물과 카펫 청소용 스프레이 깡통을 담는다.

그녀는 거실로 나가는 문을 통해서 부엌을 나간다.

하타노 부인은 일하면서 노래를 부르는데, 그 이국의 노랫소리가 식당까지 들린다. 그녀는 식초에 물을 탄다. 그래야만 변색되지 않는다. 그렇지만 식초로 얼룩을 문질러 닦으면 카펫의 보풀이 없어질 수도 있다. 카펫 위의 그 거무스름한 자국은 지도 위에 어딘가를 표시한 것 같이 여전히 남아 있다.

어떻게 하면 좋을까? 하타노 부인은 혼잣말을 한다.

그녀는 아마도 스프레이 방식의 세제면 충분하겠지라고 생각하며, 에어로졸 통을 겨눈다. 그녀는 버튼을 누르며, 그 자리에 거품을 만든다. 마를 때까지 기다려야 하기 때문에, 하타노 부인은 부엌으로 돌아간다. 그녀는 냉장고를 열어서 안에 든 것을 꺼낸다. 그녀는 단단하고 흰 얼음 덩어리가 든 용기를 비우고는 차고 깨끗

한 물로 채운다.

　이 집의 바깥주인이 저녁을 먹는 동안, 하타노 부인은 전화를 한다. 그녀는 같은 블록에서 청소일을 하는 친구인 루시에게 전화한다.

　루시는 처음 15분 동안은 식초의 효능을 얘기하다가, "개 오줌은 말이야, 거의 무시해도 돼. 제일 좋은 방법은 말이야, 카펫을 한 자락 잘라내서, 그 자리를 완전 덮어버리는 거야."라고 말한다.

　얘기를 더 들은 후에, 루시는 그건 개가 그런 게 아니라고 말한다. "그 부인이 죽은 데가 바로 거기야." 루시가 말한다. "그 집은 개가 없어."

　그리고 루시는 그녀의 동료들이 그 부인이 죽던 날, 남편이 그녀를 아래층으로 안고 내려왔다고 말하는 걸 들었다고 하타노 부인에게 전해준다.

　"그때 그게 생긴 거야, 내 이야기 듣고 있어?" 루시가 말한다.

　그 다음으로 하타노 부인은 에스더 팻에게 전화한다. 에스더가 쉬는 날이라 하타노 부인은 그녀의 집으로 전화한다.

　에스더 팻은 레몬과 소다수를 쓰라고 한다. 레몬은

산이고, 그와 같은 얼룩은 그 반대라고 그녀는 말한다.

"내가 헷갈리지 않고, 그 반대가 아니라면," 에스더 팻이 말한다. "개가 아니라 사람이 그런 거라 해도 뭔 차이가 있겠어?"

하타노 부인은 집 청소에 대해 중국인이 모르는 게 도대체 뭘까, 라고 생각한다.

"제길, 그 사람들은 부자니까, 새 러그를 사라고 해." 에스더 팻이 말한다.

그 집 바깥주인이 저녁 식사를 마치자, 그는 하타노 부인을 도와 식탁을 치운다. 그리고 설거지는 그녀에게 맡겨둔다. 바로 그때 하타노 부인은 그가 카펫을 보고 있는 것을 본다.

그들이 같은 것을 보고 있다는 것에는 의심의 여지가 없다. 한 가닥의 가느다란 거품이 말라서 흰 가루가 되었으니, 시선을 끌 수밖에. 지도 위의 한 주라고나 할까? 아냐, 지금은 그렇게 보이지는 않는다고 하타노 부인은 생각한다. 하얗게 남은 자국은 마치 인도 위에 쓰러진 피해자의 주위를 백묵으로 그려 놓은 것 같다.

잠시 후 그 집의 바깥주인은 그 자리를 떠나고, 하타노 부인은 설거지를 마친다.

부엌 조리대를 치우고, 냄비를 제자리에 놓은 뒤, 하

타노 부인은 외투를 입고, 장화를 신는다. 그녀는 거실의 탁자에 놓인 40달러를 집어 든다. 그렇지만 그녀는 지갑에서 5달러짜리 지폐를 꺼내서 그 자리에 둔다. 얼룩을 없애지 못했기 때문이다.

Why I'm Here

내가 여기 있는 이유는

Why I'm Here

"당신이 언제 행복한지 말해보시오."라는 질문도 있다. 지금 받고 있는 테스트는 내가 어떤 일을 하면 좋을지 알아내기 위한 것이다. 그렇게 하기 위해서 내가 무엇을 좋아하는지 먼저 알아내야 한다. 뻔해 보이지만, 실상 그렇지 않다. 예를 들자면, 무엇을 하고 싶은가? 로 시작하는 질문. "다음 중 당신이 하고 싶은 것은 무엇입니까? (가) 내가 하고 있는 일에 대해서 답하기 (나) 내가 알고 있는 것에 대해서 답하기 (다) 내가 생각하고 있는 것에 대해서 답하기."

내 대답은 "그때그때 달라요."이다. 그렇지만 그런 항목은 없다. 나는 항상, 가끔씩, 그리고 전혀 아니다, 이런 조건에서만 생각해내야 한다.

이 테스트에 통과나 탈락은 없다. 점수라기보다는 자신의 프로필에 더 가깝다.

필기 테스트를 마치고, 직업 안내 상담사와 대화를 한다. 50살 전후의 여성으로 키가 작고, 통통한데, 부엌 용품을 덮어두는 천 같은 옷을 입고 있다. 딘 부인이란 분으로 내가 언제 행복한지 나에게 묻는다. "무슨 일이 있어도 계속하고 있는 일이 있다면, 그 일에 대해서 말씀해주세요. 그걸로 임금을 받을 수 있는 길이 있는지 찾아봅시다." 그녀가 말한다.

개에게 막대기를 가져오라고 던져주는 직업이 있는지 내가 묻자, 그녀는 "자, 그럼."이라고 답하며, 내게 예의상 웃어준다.

나는 이런 짓을 할 나이가 아니다.

이런 테스트는 대학에서 전공 선택에 어려움을 겪을 때에나 받는 것이다. 아니면 나중에 인생을 한참 살아본 뒤에, 인생에 변화를 가져오고자 할 때에나 받는 것이다. 그 중간 어딘가에 있다는 거, 그게 내가 여기 있는 이유다.

그래서—내가 행복한 시간이란.

나의 행복은 '집구경 하세요'라는 안내문과 인도를 가로지르는 줄에 매달려 있는 형형색색의 셀로판 깃발에서 시작된다. 열린 문을 지나 가구가 완비된 견본주택으로 들어갈 수도 있지만, 더 좋은 건 가구가 하나도 없는 집에 들어가는 것이다. 그런 집에서는 읽고 있는 책에 나오는 등장인물을 상상하는 방식으로 어떤 삶을 살게 될지 상상해봐야 한다.

그렇게 집을 살펴보는 걸로 끝이 아니다. 내가 무슨 일이 있어도 계속하는 일은 새 아파트로 이사하는 것이다.

우선, 나는 내가 갖고 있는 대부분의 짐을 없앤다. 내 친구들은 여러 개의 다림질판과 침대용 소파를 얻게 된다. 레코드판과 고리버들의자와 여러 개의 램프도 나누어 준다. 화분들은 말할 것도 없다.

책만 남긴다!

물건을 처분하고 나면, 나는 철자를 이용하여 새 전화번호를 만든다. 그건 이런 식이다. 먼저 전화의 국번호를 정한다. 예를 들어, 776이라고 해보자.[50] 그것은 P-r-o다. Pro-mise, Pro-digy, Pro-verb, Pro-blem, Pro-voke, Pro-tect, Pro-sper… 등등의 단어에 전화를 걸기 시작하여, 연결이 되지 않은 번호, 즉 쓸 수 있는 번호가 나올 때까지 계속 전화를 걸어본다.

나는 남은 짐을 실어 줄 "승합차를 모는 두 사람"이란

---

50. 전화 다이얼의 아라비아 숫자 옆에 붙어 있는 영어 알파벳을 가리킨다.

이삿짐센터의 직원들을 위해서 맥주 몇 병을 산다. 나는 최선의 이사를 바라지만, 이사를 하면 짐은 다 망가지게 마련이다. 세 번의 이사는 한 번의 화재에 버금간다고 할까.

새 집으로 이사하면, 종이 행주, 스프레이 세제, 비닐백, 플라스틱 쓰레기통… 이런 물품을 급히 사들여야 한다. 게다가 수납장에 잘라 붙이는 광택 나는 선반용 벽지에다가, 우편함에 붙일 명찰도 필요하다. 세 달 뒤에는 똑같은 일이 다시 일어난다. 이사를 자주 다니다보면, 냉장고에 낀 성에를 녹일 필요도 없게 된다.

이 이야기를 딘 부인에게 해준다.

여기서 핵심은 과정이라고 그녀는 말한다. 행복에 대한 질문에서 그녀가 찾고자 하는 것은 바로 과정이다. 이 행복은 사람, 장소, 과정 중 어디에서 오나요?

나는 그 답을 모르지만, 종종 이사를 하지 않을 수 없다고 대답한다.

지금 사는 집 전에 살던 곳은 이랬다. 나는 저택의 꼭대기 층에 있는 작은 아파트로 이사했었다. 층계참에 호박색 스테인드글라스로 만든 창문이 있는 좁고 어두운 빅토리아풍의 집이었다.

관리인이 샤워 꼭지가 고장난 것에 대해 사과했다.

그걸 고쳐놓겠다고 말하더니 그렇게 했다. 바로 다음날에 말이다. 그는 예전에 그 집에서 산 적이 있다고 말했다. 내가 살게 된 아파트에서 자신의 동생과 87분의 1 크기로 축소한 기찻길을 만들어 놀곤 했다고 말했다.

어느 날 아침 집을 나서며, 관리인에게 인사를 했다. 그는 카펫을 깐 계단에 무릎을 꿇고 특수한 청소 장비로 보푸라기를 빨아들이고 있었다. 그런데 내가 그날 밤 집에 돌아왔을 때, 뭔가 달라져 있었다. 그걸 알아내는 데 1분쯤 걸렸다. 옮겨진 것은 아무 것도 없었다. 그때 눈에 띈 것은 깔개였다. 깔개는 화로와 소파 사이의 공간에 놓여 있었다. 내가 나간 뒤에, 깔개를 진공 청소해놓은 거다.

그게 다가 아니었다.

샤워기를 고친 날, 관리인이 했던 말이 있다. 이제는 물줄기가 세져서 "정말로 비누 거품이 잘 날 거예요."라고 말했다.

"비누 거품이 잘 난다고요!"라고 나는 딘 부인에게 반복해서 말한다.

딘 부인은 나의 답안지를 꼼꼼하게 살펴본다. 그녀는 내가 질문 하나를 빠뜨렸다고 한다. 그 질문은 "(가) 내일 계획을 생각하기 (나) 백만장자가 되었을 때 무엇을 하고 싶은지 생각하기 (다) 총구가 겨눠졌을 때 어떤 기분이 들지 생각하기 중에서 가장 하고 싶은 것은 무엇입니까?"이다.

"저는 (나)를 선택한 사람에게 적합한 직업을 갖고 싶네요."라고 대답한다.

딘 부인이 말하길, "그냥 가만히 있으면, 무슨 일이 일어날 거라고 생각하세요? 어떤 일을 충분히 생각할 정도로 오랫동안 가만히 있기만 하면 말이에요?"

"그거야 모르죠."라고 난 대답한다. "평상시의 저 같지는 않을 듯 싶네요."

"아, 그렇게 해도 당신 그대로일 걸요. 지금도 그렇고요."라고 그녀는 말한다.

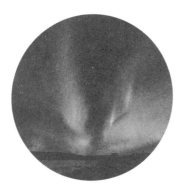

Breathing Jesus

숨 쉬는 예수

Breathing Jesus

숨 쉬는 예수를 보고 난 뒤, 모든 것이 다 바뀌었습니다. 잃어버렸던 다이아몬드 한 알을 소파 밑에서 찾았고요. 제 머리 속에서 울려대던 오케스트라 소음도 잦아들었습니다. 제 이웃과 저는 베이비의 부활을 목격하기도 했답니다.

숨 쉬는 예수를 보기 위해서 저는 시민회관에 갔습니다. 옥외에 있는 예수상이었죠. 매년 봄마다 시청 근처에서 열리는 축제에 전시된 건데, 어떤 예술가인가가 이 예수상을 만들었지요. 실물 크기의 그는 성전처럼 꾸며진 트레일러 크기의 방 안에 놓여있는, 보석 박힌 왕좌에 앉아 있었습니다.

성전 앞 바깥쪽에 동전을 넣을 수 있는 통이 있었습

니다. 구멍에 동전을 넣고, 저는 벨벳 가운을 입고 왕좌에 앉은 인물을 쳐다보았습니다. 그의 가슴이 들이쉬는 숨으로 부풀어 오르는 것이 보였습니다. 그리고 누군가 내 옆에서 "이런, 예수상이 숨을 쉬네요."라고 말하는 순간 그의 가슴이 내려앉는 것도 보였습니다.

저는 그가 호흡하는 리듬에 맞추어 숨을 쉬었고, 제 동전이 다 떨어질 때까지 주님과 함께 숨을 쉬었습니다.

어찌 설명하면 좋을지 알 수 없는 일들을 많이 보았습니다. "불꽃이 튀는 빗방울"을 본 적이 있는데, 빗방울이 땅바닥에 떨어질 때 탁탁 소리를 내며 불꽃이 일었습니다. 보름달 너머로 뜬 하얀 무지개를 본 적도 있습니다. 도깨비불과 귀린(鬼燐)을 본 적도 있습니다. 이것들은 뜨겁지 않은 불꽃과 번쩍이는 빛의 덩어리들로 습지 위를 떠다니지요. 별똥별이 모두 타버리기 전에 그 궤적을 구불거리며 벗어나는 것을 본 적도 있습니다. 새벽 3시에 남극의 오로라 빛으로 책을 읽은 적도 있습니다.

제가 이런 일들을 본 것은 머릿속에서 들려오는 소음 때문입니다. 조율하는 교향악단이 내는 소음과 같은 소리 때문에 밤새 잠들 수가 없었습니다. 소리가 멈출 때는 오직 누워있는 제 몸에서 숨이 빠져나가 꼼짝하지 못할 때뿐이었습니다.

이런 일들이 일어나기도 하고, 또는 이런 일들이 더 이상 일어나지 않기도 하는데, 누가 그 이유를 알 수 있을까요?

그렇지만 베이비에 대해선 제가 설명해드릴 수 있습니다.

베이비는 실종되었을 뿐이었습니다, 사실 죽은 게 아니고요. 그러나 저는 그 녀석이 죽었다고 생각했습니다. 왜냐하면 도로공사 직원이 그 녀석이 죽었다고 제게 말해 주었기 때문입니다. 베이비를 닮은 개 한 마리가 대학으로 빠지는 고속도로 출구 쪽에서 발견되었다고 그들이 말했죠. 그리고 그 사체는 이미 처리했다고.

이게 사실 더 심각한 문제인 건, 베이비는 이웃집 개였기 때문입니다. 그들이 집을 비운 동안, 녀석을 제게 맡긴 거였죠.

베이비의 주인이 돌아오던 날은 그 녀석이 사라진 지 3일째 되는 날이었습니다. 그날은 비가 내리고, 천둥도 쳤습니다. 저는 이상하리만큼 차분했고, 그 소식을 전할 각오가 되어 있었습니다. 제가 제 정신이었기에 재수가 좋다고 생각하긴 했지만, 그래도 정신이 나가면 어쩌나, 걱정도 했습니다.

그런데 제가 그 소식을 전하기도 전에 베이비가 돌아

오고 말았습니다.

그 녀석이 있던 곳에서 녀석을 집으로 돌아오게 만든 것은 자갈길 위의 타이어 소리였을 지도 모릅니다. 아니 면 낮고 우르릉거리는 소리로 겨울잠을 깨우며, 그 계절 에 처음으로 불어 닥친 폭풍우이었을 수도 있습니다.

그게 아니라면, 저는 그 이유를 알지 못합니다.

저는 숨이 멎는 이유를 알지 못합니다. 어떤 누구도 왜 숨을 쉬는지 알지 못하며, 숨이 사라지게 할 수도 없 습니다. 그렇지만 숨이 멎을 때를 지칭하는 명칭이 있기 도 하고, 유아용 침대에서 갓난아이들이 죽을 때 그게 아이들을 죽였다고 사람들은 생각하기도 합니다.

저는 밤에 잠드는 것이 조심스럽습니다. 제가 숨을 쉴 수 없게 되기 직전에는 항상 소음이 들립니다. 그럴 때 우선 소리를 찾아봅니다. 다른 누군가의 숨소리, 규 칙적이며 폐 깊은 곳에서 들려오는 숨소리 말이에요. 밤 에 저는 축제가 열리는 곳의 텐트로 돌아옵니다. 예수님 과 함께 숨을 쉬려고요. 그건 말하자면, 좋은 공기를 들 이 마시고, 똑같이 좋은 공기를 내쉬는 것이라 할 수 있 는데, 스스로는 숨을 쉴 수 없는 무엇인가와 함께 숨을 쉬는 것이지요.

저는 동전이 다 떨어질 때까지, 그리고 동전이 모두 떨어져서 제가 지갑에서 1달러짜리 지폐를 꺼내게 될 때까지, 예수님과 함께 숨을 쉽니다. 저는 마음 속으로 아무에게라도 말을 걸어봅니다. 1달러짜리 지폐를 잔돈으로 바꿔주실래요? 1달러를 동전으로 바꿔주실 수 있나요?

왜냐하면 여러분은 뭔가가 이루어질 거라고 믿어야 하기 때문입니다. 저는 그렇게 하지 않아도 되지만, 여러분은 그렇게 하셔야만 합니다.

베이비를 돌아오게 한 건, 그저 시계의 똑딱거림입니다.

제가 보았으나 설명할 수 없는 것들은 제가 들어본 것들에 비하면 아무것도 아닙니다. 음악 소리를 내는 모래, 속삭이는 호수, 소리를 지르면 노래로 바뀌는 메아리.

물론, 이런 것보다 더 이상한 것들도 들어본 적이 있지만, 그건 모두 제 머릿 속에 있습니다.

Today Will Be a Quiet Day

오늘은 조용한 하루가 되길

Today Will Be a Quiet Day

"난 그 반대라고 생각해." 아들이 말했다. "지금 지진이 일어나면, 다리는 무너지겠지만 진입로는 남을 거야."

그는 누나를 쳐다보며 만족스런 표정을 지었다.

"누나에게 겁 주려고 하는구나." 아버지가 말씀하셨다. "너도 알잖니, 그렇지 않다는 걸."

"아니에요, 정말로 그럴 거예요."라고 아들이 주장했다. "한밤중에 새 울음소리를 들었다니까요. 그게 경고가 아닐까요?"

딸은 남동생을 한번 째려보더니, 건포도를 한 줌 집어먹었다. 세 사람은 교통 정체 때문에 금문교 위에서 꼼짝달싹 못하고 있었다.

그날 아침, 아이들을 깨우기 전에, 아버지는 아이들

193

의 음악 교습을 취소하고 하루 종일 아이들과 같이 놀기로 작정했다. 아이들이 어떻게 지내는지 알고 싶어서 그렇게 했던 거였다. 아이들이 어떤지, 단지 그게 알고 싶어서. 이따금씩 보게 되는, 자기의 목줄을 물고 집으로 돌아가는 개들처럼 그는 자기 아이들도 알아서 잘 하고 있다고 생각했다. 하지만 사람들은 사태를 잘못 파악하기도 하니까.

파악하는 게 가능하긴 한 걸까?

아들의 친구는 랭리 포터 정신 병원 건물에서 목을 맸다. 그는 그곳에 2주 동안 있으면서, 거의 탁구를 치며 놀았다. 아들이 병원에 가서 탁구를 치고 전 세트를 진 날, 친구가 말한 거라곤 이게 다였다. "정신병자들은 밥만 먹고 탁구만 치니까, 넌 완전히 짓밟힐 수 밖에 없어. 그 인간들하곤 절대 탁구 치지 마." 그날 밤 그 친구는 자기가 차고 있던 빨간 벨트를 둘로 잘라서 다른 한 쪽을 자신의 침대 위에 올려놓았다. 아들 녀석이 12살이었던 작년 이맘때 일어난 일이었다.

사람들은 자신이 안전하다고 생각하지만, 그건 눈을 감고 있기 때문에 자신이 보이지 않는다고 생각하는 것과 같다고 아버지는 생각했다.

오늘 그들은 점심을 먹으러 닭과 달걀과 팔씨름의 메

카인 페탈루마를 향해 가고 있었다. 아버지는 아이들에게 남자 팔씨름 대회 준결승전을 보러 가자고 제안했었다. 그런데 새로운 안전 조치로 어떤 누구도 팔이나 손목을 부러뜨릴 수 없기 때문에, 팔씨름 대회는 별로 재미없다는 말이 나왔다. 팔씨름 대회에서 최고의 구경거리는 탈구일 뿐이니, 아이들은 차라리 피트의 가게에 가고 싶다고 했다. 피트의 가게는 주유소를 식당으로 바꾼 곳이었다. 그곳에서 파는 햄버거의 명칭은 자동차 이름을 따서 지어졌다. 그러면서 식당 앞의 주유기로는 여전히 기름을 팔고 있다.

"나도 하나 줄래?"라고 아들이 물었다. 건포도를 달라는 뜻이었다.

"싫어."라고 딸이 말했다.

"그럼 두 개 줄래?"

"너희 둘 다 점심 먹기 전엔 단 건 금지다."라고 아버지가 말했다. 아버지는 아이들을 좋아하고 아버지다운 말을 하는 걸 꽤나 즐기는, 농담 잘하는 아버지라도 된 것처럼 그 말을 했다.

"저녁이겠죠."라고 딸이 말했다. "저녁식사 시간이 되어서야 피트의 가게에 도착할 수 있을 거예요."

북쪽으로 가는 길만 막혔다. 남쪽으로 가는 차들은

195

정상적인 속도를 내면서 쏜살같이 지나갔다.

"저기 저것 좀 보세요."라고 뒷좌석에 앉은 아들이 소리쳤다. "저기 저 포르쉐에 붙은 범퍼 스티커 보여요? '제 운전이 꼴 보기 싫거들랑, 그냥 꺼지세요!'"

아들이 누나를 보며 말했다. "크리스마스 선물로 뭘 살지 결정했어."

"이래뵈도 난 운전 학교에서 최고점을 받았다구." 딸이 말했다.

"오늘 집에 갈때 네 누나에게 운전을 맡길 생각이었는데." 아버지가 말했다.

뒷좌석에서 비명과 도움을 청하는 외침이 들려오더니 결국엔 애도하는 소리로 바뀌었다.

범죄를 공모하는 듯한 어두운 목소리로 딸이 말했다. "사람들이 아빠한테 그만 두라고 하지 않던가요?"

"너희 둘 다 재미있는 이야기 아는 거 없니? 하루 종일 한 번도 못 웃었네."라고 아버지가 말했다.

"단두대 이야기 해드린 적 있나요?"라고 딸이 말했다.

"아빠가 오늘 한 번도 못 웃으셨다잖아, 그러니까 누나가 분명히 그 농담을 했겠네."라고 아들이 말했다.

딸아이가 옷을 다림질해버릴 듯 뜨거운 시선으로 동생을 쳐다보다가 아래를 내려다 보고는 "어, 어, 남대문 열렸네."라고 딸아이가 말했다.

아들이 바지의 지퍼를 급히 올리고는, "농담 해봐" 라고 말했다.

"두 명의 프랑스인과 한 명의 벨기에인이 목이 잘리게 되었대요." 딸이 이야기를 시작했다. "처음에 프랑스인 한 사람이 단두대에 목을 걸치고 눈을 가렸대요. 사형집행인이 단두대의 칼날을 떨어지게 했는데, 그게 그 사람 목 바로 위에서 멈췄대요. 그렇게 해서 그는 자신의 목숨을 구했는데, 사형장을 떠나면서 그는 '세 떵 미라클! 세 떵 미라클!'이라고 소릴 질러댔대요."

"무슨 뜻이야?"라고 남동생이 물었다.

"이건 기적이다란 뜻." 아버지가 말했다.

"그리고 다음 프랑스인이 단두대로 끌려 나왔는데, 똑같은 일이 일어났대요. 칼날이 그의 머리를 잘라내기 직전에 멈췄대요. 그래서 그도 풀려났대요. 그도 사형장을 떠나면서 "세 떵 미라클!"이라고 소리쳤대요.

"마지막으로 벨기에인이 단두대로 끌려 나왔는데, 눈을 가리기 전에, 위를 쳐다보고는 단두대를 가리키며, '브왈라 라 디피퀼테!'라고 소리쳤대요."[51]

딸은 배를 잡고 웃었다.

---

51. 이 말은 "저게 문제네요."라는 뜻으로 해석할 수 있음. 따라서 단두대가 제대로 작동하지 않은 원인을 지적한 벨기에인은 자신의 목숨을 잃게 되었다는 농담임.

"뭔 말인지 알아야 바지에 오줌을 지리든 말든 할 거 아냐." 아들이 말했다.

"농담에 설명을 덧붙이면, 하나도 안 웃기게 돼!" 누이가 말했다.

"저게 문제란 뜻." 아버지가 말했다.

예전에 윤활유를 교체해주던 장소였던 구석 자리 좌석에 앉은 세 사람에게 여종업원이 메뉴판을 건넸다. 그녀는 오늘의 특별 요리는 모로칸 치킨이라고 말했다.

"제가 원하던 거네요." 아들이 말했다. "모어로튼 치킨이요."[52]

그렇지만 아버지와 누나가 주문을 마치자마자, 아들은 자신의 주문을 스투데버거와 감자튀김으로 바꾸었다.

"그래, 음악 교습을 빠져서 서운한 사람?" 아버지가 물었다.

"지난주에 아빠에게 여쭈어봤던 것, 진심이에요." 딸이 말했다. "피아노로 바꾸는 것 말이에요. 선생님께서 플롯을 정말 잘 불려면 복식호흡을 해야 한대요. 그런데 저는 그게 안돼요."

"누나가 바꾸려고 하는 진짜 이유는 복식호흡을 배우

---

52. "모로칸"과 '더 썩은'이라는 뜻을 가진 "모어로튼(more rotten)"의 발음이 유사한 점을 이용한 말장난.

면 허리가 2인치 더 굵어져서래요. 선생님께서 그 말씀
도 해주셨거든요." 아들이 말했다.

아들 녀석은 사우어도우 브레드에 버터를 바르다가
차가운 버터 덩어리를 누나의 옷소매 쪽으로 툭 던졌다.

"아 짜증나! 얘한테는 나이프와 포크 따윈 주지 말고
새총이나 갖다줘야 한다니까요!"라고 딸아이가 말했다.

"네가 예의를 지키지 않는데 누가 널 받아주겠니?"라
고 아버지가 말했다. "오늘은 좀 조용히 지내는 게 좋을
것 같아."

"아빠 묘비명 같네요."라고 딸이 말했다. "묘비에 뭐
라고 쓰고 싶으셨는지 기억나세요?"

입에 음식을 한가득 문 채 아들이 끼어들었다. "오늘
은 조용한 하루가 되기를."

"우리랑 같이 있는 한 한 번도 조용한 적이 없었으니
까." 아들이 말했다.

"얘들아." 아버지가 말했다.

여종업원이 음식을 내왔다. 아버지는 물어보지도 않
고, 아들한테는 설탕을, 딸에게는 소금을 건네주었다.
그는 딸이 감자튀김에 소금을 뿌려대는 걸 바라보았다.

"내가 인후염을 앓고 있었더라면, 가글을 할만한 양
이구나."라고 아버지가 말했다.

"진입로의 눈이나 얼음을 다 녹여 버리려나 봐요."라고 아들이 끼어들었다.

아버지는 아이들이 먹는 걸 바라보았다. 참 빨리도 먹었다. 아이들은 그렇게 먹는 걸 "폭풍흡입"이라고 불렀다. 그가 식사를 마쳤을 때에 아이들은 빈 잔을 빨대로 빨아대고 있었다.

"웃음이 나오네. 이젠 배고프지 않으니."라고 아버지는 생각에 잠겨 말했다.

모든 식사는 이런 식으로 끝났다. 그건 아버지식의 감사 기도였고, 아이들이 듣고 싶어하는 아빠다운 말 중의 하나였다.

"아 생각났는데, 우리가 집을 나서기 전에 너, 로키한테 밥 줬니?" 딸이 말했다.

"아니, 어제 내가 줬잖아." 아들이 말했다.

"어제는 내가 줬다구." 딸이 말했다.

"좋아, 그럼 이렇게 타협할까? 오늘은 고양이한테 밥을 주지 않기로." 아들이 말했다.

"그건 좀 심한 것 같구나."라고 아버지가 말했다.

동물 문제로 누나를 놀려서는 안된다는 의미였다. 한번은 저녁을 먹고 있는데, 고양이가 쏜살같이 식당으로 뛰어 들어왔다. 그 녀석은 탁자 주위를 엄청나게 빠르게 맴돌았다. 그러다가 마루 위에 있던 탁자 다리에 꽝 부덮쳤다. 그 녀석은 옆구리 쪽으로 넘어지면서, 짧은 기침 소리를 냈다. 딸이 고양이 옆에 무릎을 꿇으며 달래는 목소리로 말을 걸었다. "아프다고 저러는 것 좀 봐. 똑똑하기도 하지."

수년 동안, 아버지는 갓길에 쓰러져 있는 동물들이 낮잠을 자고 있는 거라고 말해주어야만 했다.

"호머라면 재는 절대 밥을 안 줬을리 없겠죠." 딸이 아버지에게 말했다.

"호머는 개잖아. 내가 밥을 깜빡하면, 녀석은 산에 들어가서 사슴이라도 잡아먹었을 거야." 아들이 말했다.

"현관에서 사탕을 팔러온 캠프파이어[53] 여자애를 물거나." 아버지가 상기시켰다.

"호머 말이죠. 산 속 목장에서 양떼를 모는 걸 좋아했으면 좋겠어요." 딸이 한숨 지으며 말했다.

아들 녀석은 누나를 믿을 수 없다는 듯이 쳐다보았다.

"누난 그걸 믿었어? 정말로 그 얘길 믿었단 말이야?"

그녀의 머릿 속에, 서투른 마술사가 식탁보를 확 잡아당겼는데, 그릇이 모두 바닥에 떨어져 깨지는 장면이 떠올랐다. 그녀는 폐에 공기가 가득 찰 때까지 공기를 들이

---

53. 미국 청소년 단체.

마셨다. 그리고는 그녀의 뱃속까지도 채웠다.

"누나도 아는 줄 알았는데." 아들이 말했다.

개 사건은 5년 전 일이었다.

"그 여자애의 부모가 우겼지. 그리고 그건 캘리포니아의 법이기도 하고." 아버지가 말했다.

"그래서 저는 캘리포니아가 싫어요. 완전 싫어요." 딸이 말했다.

아들 녀석은 차에서 기다리겠다고 말하고는 식당을 나가버렸다.

"어떻게 하면 위로가 되겠니?"아버지가 물었다.

"호머를 살려 놓으세요."라고 딸아이가 대답했다.

"어떻게 해줄까?"

"아무 것도요."

"뭐든 말해."

그녀는 접시 위에 남은 소금을 문질러댔다.

"차 타세요. 제가 운전할게요." 딸이 말했다.

딸아이가 시동을 켜면서, "갓댐잇!" 고함을 질렀다.

시동을 걸기 전에, 아들이 히스패닉 방송국의 주파수에 맞춰 놓았는지, 시동을 걸자마자 마리아치 음악이 터져 나왔다.

아들 녀석은 다른 자동차에 붙어 있는 "댐잇은 하느

님의 성이 아니지."라는 범퍼 스티커를 인용했다.

"사람들이 아버지한테 그만두라고 하지 않더냐고 아까 물었지?"라고 아버지가 말했다.

"그 얘기는 안 할래요."라고 딸아이가 백미러를 보면서 말했다. 그리곤 차를 운전하기 시작했다.

그녀는 여러 시간 운전을 했다. 축축한 껍질이 벗겨지는 유칼립투스나무 숲을 지나서, 가지마다 노란 꽃망울을 터뜨리는 아카시아 숲도 지났다. 해안도로로 길을 바꾸니 돌처럼 회녹색을 띤 인버네스[54]가 나왔다.

"풍경이 죽여주는 걸." 아들이 말했다.

그 말 뿐, 모두가 침묵했다.

하늘이 컴컴해질 때까지, 아무도 말을 하지 않았다. 그 때 아들이 다시 집으로 가야하지 않겠냐고 말했다.

아버지는 창밖을 내다보고, 하늘을 쳐다보고, 시계를 들여다보는 척 하면서, "아니, 아니. 아직은 아니야, 계속 운전하렴. 아직 일러."라고 말했다.

하지만, 하늘에서 비가 쏟아졌고, 딸은 금문교를 향해 남쪽으로 달렸다. 그녀가 헤드라이트를 켜자, 대시보드에 녹색등이 켜졌다. 그녀는 집으로 오는 중에 주행거리

---

54. 미국 캘리포니아주의 시골 동네 이름.

계의 숫자를 읽었다. "이만 육천 삼백 팔십 삼과 십분의 팔마일."

"오늘?" 아들이 물었다.

아들이 제일 먼저 로키를 찾았다. "고양이 놀이를 해야지."라고 말하면서, 샴고양이를 안고 피아노 있는 데로 갔다. 무릎 위에 고양이를 앉히고는 고양이의 앞발로 건반을 눌렀다. 로키가 연주한 것은 "야성의 엘자"[55]의 주제곡이었다. 그 녀석은 도망가려고 안간힘을 썼다.

"로키야, 왜 이래? 십분만 더 놀자. 십분 뒤에 풀어줄게."

"고양이, 나 줘." 누나가 말했다.

그녀는 고양이를 쭈그러뜨려서 5겹의 주름을 잡았다.

"고양이를 위층으로 데려오렴."이라고 아버지가 말했다. "그리고 슬리핑백도 가져와."

순식간에 안방에 세 개의 슬리핑백이 삼각형 모양으로 놓였다. 아버지는 삼각형의 빗변이었다. 딸이 아버지에게 자신의 머리카락을 빗겨달라고 했다. 아버지가 빗질 하는 동안, 아들은 얼굴 가까이 대고 귤 껍질을 까고, 튀어나오는 즙을 들이마시면서, 귤을 먹었다. 그는 귤

---

55. 1966년에 제임스 힐이 제작한 사자에 대한 영화. 원제는 <Born Free>.

한 조각 한 조각을 불빛에 비추어서 씨가 들어 있는지 확인했다. 그의 무릎 위에서 고양이의 발이 마치 꿈을 꾸고 있는 눈처럼 떨렸다.

"무슨 생각하니?"라고 아버지가 물었다.

"저요?" 딸이 대답했다. "57년형 썬더버드[56]인데, 내부는 빨갛고, 외부는 하얀 무개차요. 그 차로 텍사스까지 갈 거예요. 리크랙[57]이 달린 스커트를 입고요. 그리고 제 이름은 루비로 바꾸려고요. 아니면 이지가 더 나으려나."라고 그녀가 말했다.

아버지는 다채로운 미래가 담긴 그녀의 꿈을 생각했다.

"일찍 익으면, 일찍 썩어." 그가 말했다.

축축한 바람이 흰 창틀의 창문을 꽝하고 닫아버리자, 아들이 깜짝 놀랐다.

"난 비가 싫어. 정말 끔찍하게 싫어." 아들이 말했다.

아버지는 일어나서 비가 들이치지 않게 창문을 꼭 닫았다. "비가 정말로 억수같이 오는구나." 그가 말했다.

어둠 속에 가만히 누워 있으니 캠핑을 하러 온 것 같았다. 마치 별이 뜬 하늘 아래에서, 둥글게 쌓은 돌 안쪽에 피운 불이 다 타들어갈 때까지 그 불에 맞추어 노래하고 있는 것처럼.

---

56. 미국 포드사 자동차.
57. 여러 갈래를 엇갈아 짠 가장자리 장식용의 납작한 끈.

잘 자라는 인사를 나누고 몇 분 지나지 않아 아이들은 어둠 속에서 아버지의 목소리를 들었다.

"얘들아, 지금 막 생각이 났는데, 좋은 소식도 있고 나쁜 소식도 있어. 어떤 걸 먼저 들어볼래?"

딸이 먼저 대답했다. "먼저 끝내버리죠. 나쁜 소식부터 끝내버려요."

아버지는 미소를 지었다. 그는 아이들이 모두 괜찮다는 확신이 들었다. 내 아이들은 이 비처럼 문제 없어. 그는 자신의 머리 쪽으로 아이들이 머리를 돌리고 있을 바로 그 곳을 향해서 미소를 지었다. 그리고 지금보다 더 좋은 기분은 모르겠지만, 이보다 더 충만한 기분은 앞으로 느끼지 못할 거라는 생각이 들었다.

"거짓말이야. 나쁜 소식은 없어." 그가 말했다.

역자 후기

에이미 헴플의『사는 이유』에 수록된 단편소설들은 훌륭한 스타일로 쓰인 소설이 늘 그렇듯이 많은 독자들에게 즐거움을 안겨줌과 동시에 긴장감을 불러 일으킬 것이라 기대된다. 그녀의 글쓰기에서 가장 눈에 띄는 점은 일상적인 어휘를 사용하여 짧으면서도 고도로 압축된 문장을 썼다는 것이다. 그녀는 독자에게 모든 것을 장황하게 설명하던 기존의 소설 쓰기 방식을 거부했다. 그녀의 글은 짧지만 강렬한 인상을 주는 시에 더 가깝다. 시를 읽는 방식으로 그녀의 소설을 읽는다면, 독자들은 소설의 새로운 세계를 경험하게 될 것이다.

헴플 소설에 등장하는 인물들은 구체적인 이름을 갖고 있지 않다. 각 이야기의 화자는 대개 〈나〉이며, 다른 등장인물들은 인칭대명사 또는 보통명사로 지칭된다. 따라서 그녀의 이야기를 읽는 독자들은 각 이야기의 화자인 〈나〉를 소설가 자신이나 독자 자신으로 생각할 수 있다. 〈나〉란 화자가 갖고 있는 이런 이중적인 면을 통해서 독자들은 화자와 쉽게 동일시하게 되고, 각 단편에 등장하는 화자들의 목소리에 귀 기울이게 된다. 동시에 그녀의 이야기에 등장하는 화자의 강렬할 뿐만 아니라 매혹적인 목소리를 공유하게 된다.

에이미 헴플을 읽는다는 건, 어쩌면 친근한 누군가의 낯익은 목소리와 말투로 낯설고 놀라운 이야기를 듣는 것과 같은 체험이다. 기존의 소설처럼 이야기를 쫓기보다 들려오는 목소리에 귀 기울이고 그 목소리에 공감하다 보면, 한 편의 소설이 아니라 마치 한 사람의 낯선 이야기에 깊이 빠져드는 듯한 즐거움을 경험하게 될 것이다. 그리고 그 즐거움은 에이미 헴플이 독보적으로 보유한 자산과도 같다.

이 책을 번역하는데 약 2년의 시간이 걸렸다. 이 번역은 역자에게 큰 기쁨을 주기도 했지만, 역자를 무척 힘들게 하기도 했다. 역자가 이 책을 번역하며 느꼈던 그 기쁨을 공유하고, 그 고통을 덜어주신 많은 분께 감사드린다. 우선 이 책을 번역할 수 있도록 2016-2017년 연구년 연구비를 지원해주신 서울여자대학교에 감사한다. 역자가 어려움을 겪었던 아름다우면서 놀라운 구절과 문장을 이해할 수 있도록 도와주신 같은 대학교 영어

영문학과에 근무하는 서태부(Stephen D. Capener) 교수님께 감사한다. 한 편의 단편이 번역될 때마다 원문과 번역문을 수차례 비교하고, 역자가 저지른 수많은 오류를 지적하고, 번역투의 문체를 수정해준 김진아 교수와 권순하에게 감사한다. 마지막으로 이 번역문을 우리말답게 다듬어주시고, 이를 출판해주신 이불/어마마마의 김정한 대표님께 감사를 전한다. 그럼에도 불구하고, 이후 발견되는 오역과 번역투 문체의 책임은 역자에게 있다.

권승혁

사는 이유

초판 발행 2018년 4월 5일
지은이 에이미 헴플
옮긴이 권승혁
펴낸이 김정한
디자인 김현진
펴낸곳 어마마마
출판등록 2010년 3월 19일 제2010-000035호
주소 서울특별시 종로구 율곡로 191-1 3층
문의 070.4213.5130 (편집) 02.725.5130 (팩스)
정가 12,000원

ISBN 979-11-87361-06-0 02840

이 저서는 2016학년도 서울여자대학교 연구년 연구비의 지원을 받았습니다.
* 이불은 어마마마의 문학 전문 브랜드입니다.
* 잘못된 책은 바꿔 드립니다.

이 도서의 국립중앙도서관 출판예정도서목록(CIP)은 서지정보유통지원시스템 홈페이지
(http://seoji.nl.go.kr)와 국가자료공동목록시스템(http://www.nl.go.kr/kolisnet)에서
이용하실 수 있습니다.(CIP제어번호: CIP2018009159)